W0199081

L'idole

DU MÊME AUTEUR

Vu, Le Dilettante, 1998, prix Freustié 1998.
Kenavo, Flammarion, 2000.
Situations délicates, Flammarion, 2001.
In vivo, Flammarion, 2002.
U.V., Le Dilettante, 2003, prix France Télévisions 2003.

© Éditions Flammarion, 2004
ISBN : 2-06-088486-8

Serge Joncour

L'idole

roman

Flammarion

Être et durer.

I

J'étais rien, c'était trop

J'ai compris que j'étais devenu célèbre le jour où Naomi Machin s'est retournée sur moi dans la rue. Dans la foulée du top model un tas de gens faisaient comme elle, tous me suivaient du regard pour s'assurer que c'était bien moi. Plus loin il y eut même un bus pour me lancer des appels de phare, et des passagers dedans qui faisaient coucou ! Oui, assurément, j'étais devenu célèbre à ce point-là. Mais célèbre pourquoi je ne voyais vraiment pas.

Face à cette sensation inédite sur le coup j'ai pris peur, je me suis dit que je ferais peut-être mieux de rentrer chez moi jusqu'à nouvel ordre, attendre que le trouble se dissipe, comme pour un simple vertige ou une crise d'agoraphobie. Au moins, à mon domicile, il n'y aurait plus personne pour me reconnaître ni m'incommoder, d'autant que je vis seul et ne reçois pas. Seulement voilà, il est dans la nature de l'homme de pousser plus avant ses déséquilibres, de prolonger abondamment ses ivresses, c'est pourquoi, au lieu de faire demi-tour, je continuai de marcher au milieu du monde et de sa reconnaissance magnifique, j'explorai cette sensation déroutante, cette grâce inédite qu'il y a à voir tout le monde s'étonner que ce soit bien vous qui passiez là.

À un moment j'eus tout de même l'astuce de prendre à droite, voir si d'aventure l'effet s'estomperait, mais, de toute évidence, dans la rue adjacente ma célébrité était toujours bien là à me dérouler le tapis rouge, là aussi les gens n'en finissaient pas de se retourner, certains allaient jusqu'à chuchoter ; mais si, c'est lui, tu vois bien que c'est lui…

Je devais me rendre à l'évidence, j'aimantais tous les regards et les circonspections béates, je faisais parler de moi.

Comme la lucidité le commande je me suis dit, bon, voyons, c'est tout de même pas banal ce qui t'arrive là, à la limite pas normal… Craignant une forme très appuyée d'hallucination collective, je me réfugiai comme sous le coup d'une urgence dans la première boutique venue, un *Maxi-livre* paisible sans la moindre affluence, une quasi-librairie au silence providentiel. De là, j'essayai de reprendre un à un mes esprits, me concentrant sur le curieux épisode qui venait de m'arriver. Faisant mine de m'intéresser aux livres, j'échafaudai des hypothèses sur l'origine de cette popularité inattendue, j'essayai de faire remonter telle ou telle prouesse, ou performance que j'aurais commise. Comprendre finit toujours par rassurer. Par précaution j'eus même le réflexe de jeter un œil dans les rangées de dictionnaires, histoire de voir si par hasard mon nom n'y figurait pas, je regardai même dans le *Quid* de l'année en cours, parce que, après tout, je suis contemporain, je me cherchai scrupuleusement à la lettre F, dans cette rubrique fameuse où l'on trouve les dates de naissance des personnalités, leur titre et leur qualité, je jetai même un œil à la table des matières, toutes catégories confondues, au cas où j'aurais été lié à une invention ou une criminalité quelconque, et fort heureusement là encore je ne me trouvai pas. J'étais soulagé. Au moins je n'avais pas totalement échappé à mon sort, au moins je n'avais pas disjoncté, car pour un émotif sensible comme moi, rien ne serait pire que de découvrir son nom dans un dictionnaire ou dans je ne sais quel annuaire encyclopédique, surtout dans ces conditions-là, du jour au lendemain.

Pour le reste, sait-on vraiment à compter de quel jour on rentre dans le dictionnaire, est-ce qu'ils vous préviennent avant, en un mot est-ce qu'ils vous demandent votre permission, et, dans le fond, est-ce que ça rapporte vraiment quelque chose de rentrer dans le dictionnaire, en dehors d'une indéniable satisfaction, et de se prémunir des fautes dans l'orthographe de son nom.

Franchement, jamais je n'aurais cru devoir faire face à de telles questions, aborder des interrogations aussi cruciales.

En réalisant ma présence dans sa boutique, le pseudo-libraire se dirigea vers moi avec un air de fierté totale, une mise appropriée de brave gars, il affichait même un sourire exagéré que jusque-là il n'avait pas. Non seulement il me dit bonjour mais en plus il me servit une poignée de mains chaleureuse et me formula un accueil comme on en reçoit rarement…

– Ça alors… si je m'attendais à vous voir là.

Là-dessus le brave gars se planta devant moi avec un air de connivence terrible, une sympathie parfaitement effrayante à mon goût, aussi déplacée que s'il me recevait en maillot de bain. Il faut bien reconnaître aussi, quand on s'honore comme moi d'un anonymat complet, que l'on est depuis toujours un citadin royalement ignoré, rien ne fait plus peur que de se retrouver propulsé sous le regard des autres. Je l'assure, rien n'est plus déstabilisant que de voir un inconnu se planter devant vous avec un air d'intelligence : cela suppose que ce gars-là en sait déjà long sur vous, alors que vous-même ne savez rien de lui.

– … Dites, vous allez me faire un petit autographe, hein, c'est pour ma femme…

– Pourquoi, j'ai écrit un livre ? lui lançai-je avec le moins d'humour possible, sans plus rien contrôler de mon vertige…

– Oh non pas encore, mais au rythme où vont les choses je me doute que ça ne va pas tarder… Pas vrai ?

– Excusez-moi… vraiment ça me gêne de vous décevoir, mais il doit y avoir un malentendu.

– Tutt tutt, allez, soyez sympa, juste un petit autographe…

– Je ne me sens pas très bien là… et puis je n'ai rien pour écrire, pas de papier, pas de stylo…

– Tout de même vous devriez prévoir… tenez, le stylo.

– Non, je vous assure…

– Allons quoi, faites-moi juste une petite bafouille, un paraphe, n'importe quoi, tenez, vous n'avez qu'à me dédicacer le dictionnaire des synonymes, ou alors non, prenez plutôt un livre de cuisine, oui c'est ça, gribouillez-moi un petit mot sympa sur les *Recettes de pâtes*, ce sera plus original…

– Mais qu'est-ce que vous voulez que je vous mette ?

– Eh bien je ne sais pas, vous n'avez qu'à mettre « Pour Françoise et Eddy ; mes amis Françoise et Eddy… », Françoise c'est ma femme, comme ça on fera croire qu'elle vous a vu elle aussi, hein, c'est pas interdit de tricher un peu… ah vraiment, quel dommage qu'elle ne soit pas là.

Il y avait chez ce gars-là tellement d'assurance, tellement d'apparente satisfaction, que j'aurais eu mauvaise grâce à lui refuser son petit mot. Très vite je lui bâclai la formule qu'il m'avait suggérée, en tenant le stylo avec une sorte d'écœurement.

– … Eh bien, vous ne signez pas ?

– Ah non, ne comptez pas sur moi pour signer quoi que ce soit, jamais…

– Oh ben non alors, vous vous doutez bien que sans signature ça n'a aucune valeur… Allez, faites pas votre star, sinon je répète à tout le monde que vous êtes un bêcheur, un type pas sympa… et vous verrez qu'à la longue ça finira par vous faire du tort. Le bouche à oreille il n'y a rien de tel pour se tailler une réputation, tout le monde se le répétera, je vous prie de croire que ça vous collera une image dont vous ne pourrez plus vous défaire ; méfiez-vous, les gens n'aiment rien tant que répandre de ces petites vacheries sur les vedettes qu'ils ont croisées en vrai, on est comme ça, c'est plus fort que nous…

Ce type m'était parfaitement inconnu, je le voyais pour l'absolue première fois, mais déjà il m'attribuait une prévalence, un prestige, dans lesquels je ne me retrouvais pas. Pour être honnête, il n'y a rien en moi qui puisse inspirer une telle considération, pas même la marque de mes chaussures ou la désinvolture de ma démarche, ne serait-ce qu'à en juger par ces éléments-là je n'ai rien de la célébrité, aucun de ses avantages ni de ses apparats.

Pour avoir la paix, je lui fis une signature furtive, la plus faux cul qui soit, la même que je mets au bas des chèques ou de la feuille d'impôts, autrement dit illisible, comme pour tout ce qui est de l'ordre du versement, avec le secret espoir qu'on le décrypte mal, que le créditeur en vienne à se dire que ça doit être un faux, et qu'on me demande en fin de compte de recommencer, ce qui fait toujours gagner quelques jours, au niveau du débit s'entend.

– … Tout de même, vous auriez pu faire un effort, on reconnaît à peine votre nom… Enfin, c'est déjà ça…

– Mais franchement, ça ne veut rien dire, ça n'a aucun intérêt.

– Vous voulez rire, en plus sur un beau livre de pâtes, ça fait cordial, et puis c'est flatteur, on croirait presque qu'on est amis, en tout cas c'est rudement sympa de votre part, croyez-moi qu'avec ça je vais en épater plus d'un…

– Si vous le dites.

Mon gribouillage semblait littéralement le combler, à un moment je crus déceler un soupçon de sympathie, peut-être même qu'il devenait affectueux. Là-dessus il me lança un sourire terrible, un rictus sirupeux d'admiration, quasiment enfiévré.

– Dites, et si je nous faisais un petit café, hein, ça te dirait de prendre un petit café avec moi ?

Sans prendre le temps de décliner l'invitation je sortis en courant pour me replier bien vite sur mon domicile, le plus vite possible en fait. Là encore je ne passai pas inaperçu, il faut dire aussi que je marchais vite, à la limite de la précipitation, il y a en même un ou deux que j'ai dû bousculer par inadvertance, qu'ils m'en excusent après coup, mais l'urgence commande parfois de penser tout droit.

De retour chez moi, je tentai de faire le point comme on le ferait à plusieurs, tout seul autour d'un bon petit café j'échafaudai des hypothèses et des suppositions, des mises en lumière qui, en fin de compte, ne m'apportèrent rien. Le mieux c'était encore de me perdre devant la télévision, elle seule nous distrait vraiment de nos préoccupations, elle seule nous apporte l'oubli de nous. Jusque tard dans la nuit j'accumulai des séquences d'émissions en jouant du bout d'un doigt, je me grisai du vertige de l'époque, des propos d'anonymes mélangés aux confessions d'invités, des gens prêts à parler de tout, des gens qui parlent entre eux, mais à moi aussi dans le fond. Je dois dire que dans ce mélange de facilités contemporaines je me reconnaissais un peu, comme eux j'étais contre la faim dans le monde et pour l'amour du prochain, comme eux je trouvais les impôts trop chers et la politique mal pensée, comme eux j'avais eu des histoires en amour et des soucis dans le passé, en fin de compte je me conjuguais idéalement aux états d'âmes des lambdas ou des artistes en promotion, j'en partageais les enthousiasmes, les espoirs et les doutes, pour être honnête je dois admettre que je m'y retrouvais un peu, à tel point que par moments, autant le dire, je redoutais presque d'entendre parler de moi.

Je suis né de la dernière pluie,
et la terre est encore humide

Dans l'ensemble je ne chante pas, je ne me suis jamais produit sous quelque forme que ce soit, je danse mal et jamais en public, je ne descends pas plus de Proust que de Dalida, je n'ai pas joué au football depuis ma scolarité, je n'ai jamais assassiné personne, n'ai jamais commis d'escroquerie, je n'ai pas gagné des millions à un jeu télévisé, je ne suis jamais allé témoigner de mon couple dans une émission à thème, d'autant que je vis seul, que ma sexualité n'a rien de spectaculaire, je n'ai pas d'aptitude particulière pour la révolte ou la revendication, d'une façon générale je ne dégage rien de remarquable, remarquable est un adjectif qui ne me concerne pas, je ne me connais rien d'extravagant non plus, ni disposition ni talent ; non vraiment je ne vois pas ce qui vaudrait que tout le monde se retourne et me reconnaisse, qu'ils aient tous entendu parler de moi, il est hautement improbable que l'on ait entendu parler de moi, parfaitement inenvisageable que je sois célèbre pour quelque raison que ce soit…

Ou alors si, pour être honnête, il m'est déjà arrivé de briller en public une fois, de vocalement culminer dans le brouhaha d'une salle quasiment pleine. J'en avais des frissons de produire ce genre d'effet, de ressentir la pure ivresse de l'interprétation. Il faut dire aussi que la chanson y était pour quelque chose, un *Staying alive* endiablé que j'avais peut-être pris un peu trop haut, d'ailleurs à un moment je n'étais plus très sûr de l'effet produit, d'autant que l'audience oscillait entre l'incrédulité et la franche rigolade… Sur le coup je m'étais dit que les Asiatiques étaient sacrément bon public, en tout cas on ne peut pas nier que le karaoké soit leur invention, d'une certaine façon je jouais donc sur leur terrain, oui je jouais sur leur terrain, même si ce n'était pas franchement au Japon proprement dit que je brillais mais dans un restaurant, *La Muraille de Chine*, dans le XIIIe arrondissement seulement. Il n'en reste pas moins que ce jour-là ils m'avaient tous applaudi, certains avaient hurlé des bis et des hourras, mais à quoi bon. On en était resté là, j'avais sobrement quitté la piste et m'étais remis à table pour finir une soupe relevée, et, après deux bols de riz, tout le monde m'avait oublié. C'est bien tout le problème du karaoké, on est génial, mais pas longtemps.

Enfin je crus comprendre

Parmi tous les conseils que la nuit porte il en est un à mon réveil qui surnageait, comme une lettre d'alphabet sur le bouillon d'une soupe. Oui, à l'aube du deuxième jour, une franche révélation m'apparut en même temps que la lumière du jour, déblayant toute incertitude par la seule grâce d'une explication, le genre de solution parfaite qu'en général on ne trouve qu'aux mots fléchés ou au solitaire, plus rarement aux échecs, et qui éclaircit tout. Quel soulagement de pouvoir enfin faire la lumière sur ce qui m'était arrivé, quel pur miracle que de tout comprendre, c'était comme d'évacuer le dernier symptôme d'une grippe, mieux qu'une guérison.

En fin de compte ma mésaventure n'avait rien d'extravagant, au contraire, pour être clair il ne s'agissait de rien d'autre que d'un prodigieux concours de circonstances, rien de plus... Un détail en effet retenait mon attention, c'est que cette célébrité je ne l'avais pas attrapée n'importe où, mais dans la rue, après tout quoi de plus normal, la rue c'est bien l'endroit où la notoriété de quiconque excelle, la rue c'est le cadre le plus explicite de toute renommée, il n'y a rien que de très naturel à cela, seulement le détail déterminant de mon histoire c'est que cette célébrité ne m'était pas arrivée dans une rue anodine, mais dans ma rue à moi, dans mon quartier, autrement dit dans une zone par moi surfréquentée… Cette nuance-là était de taille, elle était même de nature à tout expliquer.

En somme, j'étais victime de ce que j'appellerais, pour faire vite, le syndrome du gars dont la tête « dit quelque chose », j'étais la proie d'un gigantesque symptôme de familiarité, il ne s'agissait que de ça, après tant d'années à vivre dans le même coin, à force de me croiser continuellement, tous ces braves gens se seront fatalement habitués à moi, au point, c'est normal, de finir par croire qu'ils ne connaissaient que moi.

La démonstration est implacable, quasi mathématique : compte tenu du nombre incalculable de gens que je croise quotidiennement, il est normal que je ne me souvienne pas de tout le monde, tandis qu'eux de leur côté, puisque c'est toujours moi qu'ils croisent, il est logique qu'à la longue ils finissent tous par me reconnaître… C'est imparable. À la limite évident.

À cause du chômage, à cause de cette croissance sans cesse différée, on pourrait dire que dans la vie je suis en *stand-by*, autrement dit je me promène souvent. Probablement qu'à force de me voir et de me revoir sans cesse dans le coin, ces braves gens en seront venus à se dire : Tiens mais celui-là je le reconnais…

Quel onguent pour l'esprit de caresser une hypothèse, quelle tranquillité pour l'âme de toucher enfin du doigt l'explication vraie, surtout dès lors qu'elle résout tout. Pour valider l'axiome, il ne me restait plus qu'à promener ma physionomie dans un tout autre quartier, pas de doute que dans un arrondissement étranger je renouerais avec le parfait anonymat qui jusque-là m'allait comme un gant, cet incognito à l'ombre duquel tout homme normal complote sa vie, dérangé par personne, certains allant jusqu'au pavillon pour ça, avec clôture pourquoi pas.

Pour entériner l'hypothèse je m'habillai dare-dare et dévalai l'escalier quatre à quatre, je sortis sans même prendre un scotch ni même un bol de Chocomatin et, une fois dehors, l'unanime reconnaissance se reproduisit intacte, telle que je l'avais quittée la veille. Tous me regardaient. Cette fois je ne m'en étonnais pas, je m'en amusais presque, depuis cette fine intuition je savais pertinemment pourquoi tout ce petit monde-là me saluait, à la limite je trouvais ça normal. J'étais tout ce qu'il y a de dégagé. Bien qu'étant la proie de tous les regards, j'arrivais même à marcher sans trébucher sur quoi que ce soit.

Une fois dans l'avenue, là encore tout se passa comme prévu, des rangées d'inconnus me disaient ouvertement bonjour, des femmes me regardaient mine de rien, d'autres avec insistance, après tout pourquoi pas, sans parler de ces hautains qui affectaient carrément de m'ignorer, de ces vaniteux qui poussent la fierté jusqu'à feindre de ne pas m'avoir remarqué, comme s'ils refusaient de condescendre à me reconnaître... À quoi bon leur en vouloir.

Dans ce flot d'inconnus, il m'arrivait moi aussi d'en reconnaître, le kiosquier par exemple, celui-là c'est tous les matins qu'il me disait bonjour. De loin je reconnus aussi le facteur, plutôt surpris que, pour une fois, je fasse carrément le crochet pour le saluer, et avec autant d'entrain. Je l'en aurais embrassé. Vraiment il n'en revenait pas. La scène devait être à ce point vive et remarquable que tout le monde se retournait sur nous dans la rue, certains s'arrêtaient, le temps d'échanger deux trois commentaires sur moi, sur nous, le facteur et moi, devant se dire que j'étais un modèle de type bien, un mec sympa, et le facteur un sacré veinard… Ah ce qu'il est bon de temps en temps que les faits vous donnent raison, l'expérience se reproduisait très exactement comme je l'avais prévue. Pour la valider définitivement, il ne me restait plus qu'à quitter ces rues par trop familières pour renouer avec le phénomène de l'incognito parfait, me redécouvrir sous les traits de cet anonyme qui sommeille en chacun d'entre nous.

Je décidai tout de go d'aller promener ma physionomie dans un territoire hautement plus passager, tant qu'à faire dans une zone surpeuplée, autant dire les Champs-Élysées… Je m'engageai donc dans le bus de la façon la plus décisive qui soit, je compostai même un vrai ticket pour l'occasion, et non pas un vieux démagnétisé depuis deux mois, signe que j'étais prêt à investir. Après tout, ce voyage confinait pour moi à la rédemption, il était tout ce qu'il y a de justifié, c'était même la vraie toute première fois que j'avais une bonne raison d'aller sur les Champs-Élysées. Des millions d'étrangers font chaque année des milliers de kilomètres pour fouler les Champs-Élysées, ils payent même une fortune pour ça, alors que moi il me suffisait d'un ticket.

Ne trouvant pas de place assise je restai ouvertement debout, l'air dégagé, je me cramponnais à la barre avec en tête le projet de me faire remarquer le moins possible, d'être tout ce qu'il y a de discret, comme n'importe qui à ma place. Bien qu'étant prodigieusement chahuté par les secousses, à cause de ce que les bus roulent toujours trop vite, je tentais de renouer avec cette forme d'indifférence entre moi et le monde qui d'habitude nous va si bien.

Le trajet se passait comme prévu, globalement on me foutait la paix. Une petite chose cependant me tracassait. Je sentais bien çà et là quelques paires d'yeux qui s'égaraient sur moi, des évasifs qui me préféraient au paysage, même s'ils détournaient bien vite le regard quand je les surprenais. Les pauvres, on longeait rien moins que les décors de la plus belle ville du monde, des quais de Seine aussi magnifiques que des vitrines de grands magasins, et ces idiots-là préféraient rêvasser sur un type qui tentait de garder l'équilibre. C'est bien le signe que les gens ne savent pas faire la part des choses.

À leur décharge, dans une sphère de gens assis il est légitime de perdre son regard sur le seul qui soit debout, de considérer le pauvre type avec un mélange d'ironie et de compassion, et surtout de garder un œil sur lui en attendant le coup de frein ou le furieux cahot qui le déstabilisera pour de bon. On n'échappe pas à la nature humaine, dans les transports en commun on n'y échappe pas.

À leur place je ferais de même. Si ce n'est face à une vieille dame, auquel cas je lui céderais bien volontiers ma place.

Un autre détail me troublait, ce môme dans mon dos qui s'agitait depuis le début, un sale mioche que sa mère avait du mal à contenir, il trépignait… Et c'est pile au moment de l'arrêt, alors que le silence soulignait le moindre chuchotement, que me parvint cet élan pathétique d'indiscrétion et d'émerveillement enfantin. Maman, c'est lui le monsieur ? Là-dessus la mère prit un ton sévère pour faire rasseoir son gosse, et alors que je me retournais pour leur jeter un œil, rougissante elle me glissa : c'est vrai que ça fait bizarre de vous voir là… Sur ce le bus repartit, un grand coup sec qui me décrocha de la barre comme un fruit, j'en tombai presque, j'entendis le môme qui se marrait.

Le camouflet pour moi était cinglant, pire qu'un désaveu, le plus fort étant d'être reconnu hors de mon quartier, qui plus est par un enfant, et qui plus est de dos… Comment vous faire comprendre ce que je ressentis à ce moment-là autrement qu'en parlant d'abattement ?

La pauvre femme, elle, dut coller une tarte à son mioche pour qu'il cesse de la ramener, tout ça parce qu'il voulait me voir en face et me tournait autour en répétant, mais si c'est lui… Que je sois célèbre ou pas, il n'en reste pas moins que les gosses sont mal élevés, d'une façon générale ils le sont.

Le premier réflexe qui vient dès lors qu'on essuie une désillusion pareille, c'est de se considérer soi-même non pas comme victime, ni martyr en quoi que ce soit, mais comme coupable vraiment. Quand on ne craint pas de s'incriminer, quand on ne cherche nulle part ailleurs qu'en soi les origines de sa détresse, ça dispense de dénigrer tout le monde. C'est pourquoi, sans trop me laisser abattre, je collai mon visage contre la vitre, je m'y appuyai le pif pour inhaler la fraîcheur du verre, et, sur fond de paysage urbain, je visualisai mes défilés d'interrogations mentales, j'examinai cette toute fraîche angoisse revenue intacte. Vu depuis l'extérieur, mon nez aplati sur la vitre devait faire un drôle d'effet, là encore je trouvai plus d'un piéton pour me remarquer.

J'essayais de passer en revue toutes les mauvaises raisons que pourrait avoir un sale môme de me reconnaître, surtout de dos... En fait il se pourrait très bien qu'il soit lui aussi de mon quartier. Si ça se trouve ce n'était rien d'autre qu'un fils de voisins, auquel cas sa mère serait une voisine en quelque sorte. Pourtant son visage ne me disait rien...

Au moment de descendre, la brave femme s'excusa de plus belle, effectuant une révérence excessive pour une voisine, elle dut même tirer le sale mioche qui restait planté sous mon nez, à croire qu'il essayait de m'amadouer. Dégage, lui dis-je mentalement en joignant à ma pensée un mouvement nerveux du pied.

De voir s'éloigner ce binôme baroque me fit revenir un fragment d'enfance, la résonance d'une sentence mille fois énoncée : « Mais quand donc arrêteras-tu de te faire remarquer ? » Ma mère avait raison. Quoi que je fasse elle n'avait de cesse de me répéter l'injonction, elle me l'aura dite sur tous les tons, depuis la supplique discrète jusqu'à l'ordre fermement articulé, des milliers de fois sans doute j'aurai entendu cette formule-là, par mon père moins souvent, trop distrait pour remarquer que je le gênais.

La plupart du temps je méritais largement la réprimande, en particulier ce fameux jour, dans un bus justement, ma toute vraie première expérience de notoriété, ce jour illustre où j'aurais vomi le premier Big-Mac jamais rendu en France, à coup sûr le premier, sur le territoire national s'entend… Par la suite, mes parents raconteront mille fois l'incident, mille fois je l'ai entendu relaté par eux, au point que j'ai longtemps cru que ça faisait de moi un rebelle, un pionnier pourquoi pas, en tout cas j'aurai longtemps vécu avec l'idée d'avoir créé l'événement.

Et mon père qui répétait toujours comme un titre de gloire : « Vous vous rendez compte, le jour même de l'inauguration, mon fils a rendu le premier McDonald's français, si c'est pas beau… Ça vous donne une idée de toutes ces saloperies dont ils nous ont colonisés… » Déjà les chewing-gums il était contre, tout comme les westerns et le Coca, alors le hamburger n'en parlons pas.

Il n'empêche que ma performance n'avait échappé à personne et le souvenir de cette représentation m'aura longtemps hanté. J'étais dans le bus comme je le suis là, avec mes deux parents pas encore divorcés, on revenait de ce nouveau modèle de restaurant dont tout le monde parlait suite à une retentissante campagne d'information. Les avis sur le sujet étaient partagés, pourtant j'ai le regret de dire que si ce jour-là le Big-Mac m'était curieusement remonté, ce n'était pas tant que le mets fût indigeste, mais plutôt que les bus secouaient déjà pas mal. Moi-même j'avais été le premier à ne pas comprendre ce qui m'arrivait, à la limite j'avais bien conscience de faire du tort à McDonald's et à l'Amérique dans son entier, seulement c'était plus fort que moi, à cause des coups de frein et des pavés de la place de l'Opéra, le mets yankee m'avait d'abord bizarrement tourné dans l'estomac, avant de carrément remonter. Aujourd'hui encore j'en veux à mon père ainsi qu'à tous ces gens qui étaient là à me regarder, je leur en veux car en plus de me mettre mal à l'aise, moi qui n'allais déjà pas très fort, ils s'engouffrèrent tous dans le procès facile du fast-food et de l'Amérique dans son ensemble, alors que personne, je dis bien personne, ne songea une seconde à incriminer le roulis mou et les essieux flottants de la régie nationale. Dès le départ le débat était faussé.

Depuis j'ai ce souvenir profondément ancré, ce malaise qui se ravive rien qu'à y repenser, la vision de ces passagers s'inquiétant de savoir si c'était bien fini, s'il ne me restait pas encore quelques malheureuses frites ou quelques grains de sésame au fond de l'œsophage. En sortant du bus, je me souviens que ma mère m'en voulait, et la phrase énorme résonna plus que jamais, me rivant dans une perplexité inquiète bien qu'imméritée... « Mais quand est-ce que tu arrêteras de nous faire remarquer... ? »

Le bus repartit en direction de la banlieue. À l'intérieur ils se détournèrent tous pour me regarder encore un peu, un crucifié entre les mains de ses parents, tous se retournaient pour me voir, comme on regarde un illustre s'éloigner. Il en existe encore de ces gens-là, peut-être qu'il y en a toujours qui prennent le bus, aux mêmes horaires pourquoi pas, je suis sûr qu'ils sont marqués à vie par ce souvenir de moi, pour eux je resterai lié à cette expérience-là, cette première vision qu'ils auront à jamais d'un McDonald's, une forme de bouillie venue de mon estomac…

« Qu'importe ce souvenir de prouesse, si les gens me reconnaissent aujourd'hui ce n'est certainement pas parce qu'il y a trente ans j'ai régurgité le premier hamburger jamais vomi en France, même avec supplément frites et maxi-Coca. » Non franchement ça ne se peut pas me dit une petite voix intérieure, toujours cette même voix de faux cul qui tente de toujours tout minimiser en moi, ou d'exagérer selon le cas… « Et puis après tout, ce n'est pas la seule fois qu'on t'aura fait remarquer que tu te faisais remarquer, il y en eu bien d'autres après, tout aussi culpabilisantes et injustifiées… »

L'expérience là où on l'avait laissée

Toujours pas découragé, je choisis d'abandonner le bus en bas des Champs-Élysées afin de remonter progressivement l'avenue par les allées désertes, de renouer graduellement avec un éventuel public. Qu'on se console, il y a là une manière de promenade plantée, un sous-bois citadin où les gens se battaient en duel dans les temps anciens et où l'on faisait l'amour pendant les obsèques de Victor Hugo. Quelques rares distraits s'y promènent encore, des touristes pour la plupart. Pour être honnête je redoutais de rééditer l'expérience, de replonger trop brutalement dans la foule comme on hésite au seuil de l'eau froide. Il y a bien plus de monde le long de la partie haute de l'avenue, les trottoirs y sont plus fortement civilisés, bordés de cafés bondés et de vitrines alléchantes. Je dois dire qu'à ce stade-là, l'appréhension me coupait un peu les jambes, j'éprouvais la sensation de l'artiste avant sa représentation. Comment me percevraient-ils cette fois, seraient-ils tous mobilisés par ce curieux réflexe de me reconnaître, ou alors est-ce qu'on me restituerait cette indifférence complète, environnement légitime de tout anonymat.

À vrai dire je n'eus pas à me poser longtemps la question, à peine sortis-je de la contre-allée, à peine abordai-je la zone médiane qui commence au fameux rond-point qu'à nouveau je sentis fondre sur moi la même curieuse pression, un vertige tout pareil à celui de mon quartier.

J'avais beau prendre l'air renfrogné et regarder le monde en coin, j'avais beau esquiver les autres par une manière de ne voir personne, qu'on le veuille ou non, là encore les gens se mettaient à me chercher du regard comme ils le feraient d'un ministre ou d'un chanteur à voix, alors qu'il n'y a rien de ministrable en moi et que je n'ai même pas une belle voix. Je devais bien l'admettre, j'avais malgré moi rallié le rang des gens connus, ces phares de la civilisation qui fendent la foule d'une manière d'importance, qui font irruption un beau jour devant vous sur le trottoir, qui vous cinglent d'une morgue froide et ne vous voient même pas, alors que vous, vous savez pertinemment qui ils sont, et tentez de le leur signifier d'une certaine façon.

Comme par défi, plutôt que de jouer la discrétion, je remontai royalement l'avenue, j'adoptai l'attitude décisive du type qui sait où il va, sans tenter la moindre réciprocité, et là encore ils n'en revenaient pas, excepté quelques touristes lointains, des Russes probables ou des Amérindiens, et quelques rares distraits, parce qu'il y en a toujours de ces évaporés-là, de ceux qui ratent tout et ne remarquent jamais rien, de ceux qui passent leur vie à désoler l'entourage en ne réalisant les choses qu'avec un métro de retard.

Certains gosses allaient jusqu'à me montrer du doigt comme s'ils voyaient le Père Noël, soulevés d'une spontanéité que fort heureusement les adultes n'ont pas. À mi-chemin de ma balade, au beau milieu des Champs-Élysées, je vis venir de loin une autre célébrité notoire, une vraie celle-là, qui descendait l'avenue en sens inverse du mien, c'était ce fameux journaliste qui présente le journal de vingt heures à la télé le soir, mais je n'arrive jamais à me rappeler de son nom… Le plus fort c'est qu'en me voyant de loin, l'illustre dévia légèrement son cap de manière à se caler vers moi, signe qu'au-delà de la simple reconnaissance mutuelle il existe une forme de connexion entre célébrités, une filiation originelle qui fait qu'un célèbre se rapproche tout naturellement d'un autre célèbre dès lors qu'ils se croisent, que d'emblée ils se connaissent et s'apprécient, se font même la bise pourquoi pas, alors que jusque-là ils ne s'étaient jamais parlé.

– Ça alors, si je m'attendais à vous voir là… Faudrait qu'on déjeune un jour, qu'on arrive à se parler…

– Ah bon, pourquoi ? lui répondis-je cordialement.

– Eh ben, pour parler de vous, de toute cette histoire, ce parcours, ce n'est pas banal tout de même… Je ferais bien un petit sujet sur vous.

– Ah bon, mais qu'est-ce que vous savez de moi…

– Justement, j'aimerais bien que vous me réserviez quelques exclusivités, que vous me donniez la primeur de tout un tas de petites choses que les gens ne savent pas sur vous… Bon allez, je vous laisse, j'ai mon direct à préparer… Je suis à l'antenne ce soir… Alors c'est promis on se revoit…

– Ben, dès ce soir…

– Ah ah ce qu'il est drôle… c'est vrai que vous êtes drôle, ceci dit je m'en doutais un peu…

J'ai toujours eu ce problème avec les gens connus, un mal fou à me rappeler de leur nom, je l'ai là chaque fois sur le bout de la langue, ce gars-là par exemple je ne connais que lui, je le vois souvent, mais je ne suis pas foutu de me rappeler de son nom, Patrick, Guillaume, ou alors David mais David comment déjà… J'ai le même problème avec Pascal le fameux philosophe, et Colette, Céline ou Dalida… rien que le prénom… Parfois c'est l'inverse, comme pour Colbert, Descartes ou Lautréamont, là je ne me souviens plus du prénom.

Plutôt que de m'embarquer dans la dénégation ou la panique inquiète, face à ce nouveau tour que me jouait la réalité, je devins aussi fataliste qu'on peut l'être parfois, lorsque d'un coup la pluie tombe et que l'on n'a pas de parapluie. Très bien, me dis-je, puisque c'est comme ça, puisqu'il est admis que je suis célèbre, autant se prendre une triple dose de n'importe quoi à la terrasse du *Fouquet's*, par simple effet d'alcoolisation la réalité s'encaisse mieux, on se fait à tout, à la limite, avec trois verres dans le nez, on serait prêt à se prendre pour n'importe qui…

Maintenant que vous me le dites

C'est vrai que depuis le début j'ai la sensation d'être observé.

– Depuis le début de quoi ?

– … le début de ma vie, de ma conscience, depuis le début du monde pour moi, depuis toujours quoi. D'ailleurs c'est bien simple, où que je sois, seul chez moi ou dans la rue, et même quand je marche loin de tout à la campagne, j'ai toujours le sentiment qu'on me regarde, qu'on commente mes moindres faits et gestes, qu'on m'observe, qu'on me filme, qu'on me critique sans arrêt. En fait j'ai en permanence le sentiment que quelqu'un est là, à toujours m'épier.

– Mais c'est le regard de Dieu peut-être ?

– Peut-être.

Franchement je ne vois pas ce qu'on me trouve, je ne vois pas ce que j'aurais de plus que les autres, je ne me connais ni charme ni aptitude particulière, ni ambition ni talent, ce n'est certainement pas dans cette direction-là qu'il faut chercher, à la limite ma seule particularité c'est très justement d'être dans la moyenne, sans doute même un peu trop.

Quand je repense à tout ça aujourd'hui, je me dis que finalement j'avais un sacré bon tempérament à l'époque. En tout cas je me souviens très bien que je m'étais royalement disposé à la terrasse du grand café, et après trois Mojitos très vite ingurgités, c'est vrai que je pris tout bien, je répliquai civilement à toutes les petites courtoisies, je répondis aux coucous qu'on me faisait de loin, et même aux poignées de mains ; je m'amusais de tout… En fin de compte j'étais une pure distraction, y compris pour les serveurs de la terrasse, d'ailleurs ils ne restaient pas trop loin de moi pour juger de l'effet, plutôt amusés de s'honorer d'une notoriété toujours valorisante pour l'établissement. D'ailleurs ce jour-là on m'a offert les trois verres, je n'ai rien payé, le patron avait visiblement donné ses instructions…

J'étais encore loin de m'imaginer qu'un jour je devrais me résoudre à porter des lunettes de soleil quel que soit le temps, qu'à force j'en viendrais à l'arrogance, dédaignant de serrer toutes ces mains qui fusaient de la poche des gens, méprisant les appels, survolant les sourires et repoussant les requêtes, odieux et célèbre au point de ne plus me reconnaître, délicieuscment ingrat.

En fait ce qui m'étonnait le plus, à la terrasse de ce fameux café, ce n'était plus tant d'être célèbre, mais de l'être à ce point-là. Avec une si belle unanimité. À en juger par la manière dont les gens me regardaient, on sentait qu'ils m'aimaient bien, ils ne cherchaient jamais à me railler, pas plus qu'ils ne me provoquaient, à croire que j'étais célèbre pour de bonnes raisons, de pas trop mauvaises en tout cas. La connivence que j'inspirais était cordiale, respectueuse même, à croire que pour eux j'étais un mec sympa. Pour autant mon public n'était pas aussi facétieux et relâché que celui d'un comique de variétés. Au moins je n'étais pas ça, et franchement ça tombait bien, j'aurais eu horreur d'être un comique, de répétition en particulier, cette perspective est pour moi comme une hantise, que les gens attendent toujours de moi que je les fasse rire, que je leur ficelle un quelconque calembour, moi qui ne suis même pas foutu de raconter une blague à table, même pas quand je mange seul… Quelle horreur, j'aurais été prêt à tout pour faire quelque chose dans la vie, mais certainement pas comique de répétition, d'ailleurs tous les comiques le disent, il faut aller mal pour faire rire, il faut être profondément triste et désespéré pour faire rire, et, pour ma part, je n'ai pas la moindre intention d'être triste ni désespéré.

L’attente est le corridor de l’ennui

Par moments, j'ai le sentiment que l'homme est d'un assemblage trop subtil pour pouvoir vivre sans l'imparable effroi de son dérèglement. Toute conscience est le laboratoire de ses propres défaillances, tout espoir le refuge de ses désillusions. Après tout il se pourrait très bien que l'impression vienne de moi, que ce soit une manière de consoler ce désastre ascensionnel qu'est ma vie, une illusion compensatoire.

Comme tout le monde j'ai déjà été sujet à des troubles, on s'en doute, des maux de ventre comme de l'esprit, je recense même deux ou trois épisodes dépressifs suffisamment pris au sérieux pour justifier des consultations, des psychothérapies à la cadence légère qui m'auront remis sur pied chaque fois. De la même façon l'épisode de ma vie scolaire n'aura été qu'une longue épreuve agrémentée de disqualifications de toutes sortes, quel que soit le propos du cours on m'aura souvent demandé de sortir, sous le prétexte global que je n'écoutais pas, que je rêvassais mollement, quand je ne m'endormais pas carrément.

– Frangin, sortez, sortez !

J'avais horreur de ces mises en lumière, et pourtant j'aurai plus qu'à mon tour été la vedette, l'étourdi lumineux qu'on fauche au détour d'une rêverie farouche, celui qui sort agrémenter le couloir. Ma scolarité n'aura été qu'un long couloir, vestibule à mes futurs déboires, de là j'envisageais le monde avec la distance de ceux qui ont su en prendre, je me postais en satellite de mon projet d'éducation, la plupart du temps en restant debout. À partir de là, comment ne pas se sentir singulier ? Les autres sortaient chaque fois en fin du cours avec une sorte de prévalence, un pas de plus franchi vers la compréhension du monde et le décryptage de leur avenir, alors que moi, en fonction des saisons j'avais peuplé une attente plus ou moins chauffée, expérimenté un vide plus ou moins consternant.

Et pourtant, par le jeu même de cette inconsistance, le héros c'était moi, c'était à moi qu'on demandait de raconter l'expérience, à la fin du cours ils voulaient tous savoir ce que j'avais fait tout le temps qu'eux-mêmes avaient enduré la leçon, comme si toutes mes heures d'expulsion étaient des exercices de liberté totale, des épisodes à ce point extraordinaires qu'ils justifiaient d'être racontés. À leurs yeux, d'entre tous j'étais le plus singulier, le seul à avoir assumé une forme d'originalité, déjà ma prédominance se qualifiait par défaut. Dès lors comprenez-moi, pourquoi décourager ceux qui vous envient, pourquoi contredire les avantages que l'on vous prête… ? Pour ne pas les décevoir je prenais l'air crâne des parfaits effrontés, il y en a même que je regardais de haut, dans la morgue contemptrice du fauve en cage, alors que c'est bien lui l'enfermé. En somme tout mon mérite c'était de me faire enfermer dehors, et après ça de briller de l'éclat indigne des valeureux qui n'ont rien fait.

En ce qui me concerne c'est dès l'école que j'aurai expérimenté la notion de licenciement, par la suite mes expériences professionnelles n'auront été que des façons de prolonger le couloir, de systématiquement renouer avec la porte. C'est le troisième psychothérapeute qui m'avait diagnostiqué ça, je souffrirais en quelque sorte d'un syndrome d'abandon, ma seule manière d'avérer ma place serait de n'en avoir pas. De susciter l'affection dans une manière de rejet. Je me souviens que mes deux frères ne me parlaient pas, qu'entre deux incarcérations notre père nous battait, et que notre mère buvait toute seule le temps qu'il n'était pas là, sans quoi ils buvaient à deux, mais je ne voudrais fournir à quiconque le prétexte de broyer du noir à propos de moi, d'autant que cette enfance aura été largement égayée par des heures de télévision, et que la splendeur des héros aura assumé une bonne part de mon éducation, des modèles tout en facilité virtuose et en détachement…

La porte c'est depuis toujours l'unique alliée de mon parcours, le grand vecteur de ma singularité, un cap chaque fois franchi comme une mise en lumière, une audace au-delà de laquelle je n'envisageais rien. Déjà on m'estimait pour ça, on me reconnaissait ce don, cette aptitude à m'illustrer en ne faisant rien, à rendre le vide spectaculaire. Je ne faisais rien et on me reconnaissait à ça.

Il y a tant de nouvelles nouveautés

L'actualité n'est qu'une suite d'épisodes rattachés par rien, sans autre ligne directrice que le malheur des uns pour distraire les autres, et le bonheur des autres pour dédommager le malheur des uns. Au sein de ce mirage fait de pures fictions comme de réalités, beaucoup de personnalités se distinguent, toutes plus ou moins durables, certaines comme protégées du temps, immunisées contre toute obsolescence, alors que d'autres ne font que passer, éphémères jusque dans le succès. Aujourd'hui les idoles se suivent et les génies s'enchaînent, aujourd'hui les nouveaux Rimbaud durent une semaine et les chefs-d'œuvre le temps du papier, la semaine suivante un nouveau prodige prend le relais, les gloires se tissent pour ornementer le vide. Au point que s'il arrive de décrocher un tant soit peu des événements, de rater un épisode, on se retrouve très vite avec des lacunes coupables, des déficiences que seul un bon magazine télé pourra sans doute combler. C'était sûrement ce qui m'arrivait, me suis-je dit pour me rassurer ; en fait si je n'étais pas au courant de ma célébrité, c'est que ces derniers temps je ne lisais pas assez les journaux et ne regardais pas les bons programmes à la télé.

Si ça se trouve, sans vouloir minimiser les faits, je ne serais rien d'autre que le sosie d'un nouvel immanquable, un incontournable qui m'aurait échappé, sans m'en rendre compte je serais le besson d'une icône télé-réalisée ou d'une fraîcheur vocale, de ces prodiges dont on connaît la chanson sans jamais l'avoir écoutée. À moins que je ne ressemble à un ministre nouvellement remanié, un criminel pourquoi pas, un visage qui aurait récemment transcendé la sphère de l'anonymat pour rallier l'éther public. À ma décharge, il faut dire qu'il y a tant de chaînes de télé, tant de programmes, qui plus est en même temps, tant de magazines et de nouvelles têtes à assimiler, tant de nouvelles nouveautés, qu'il est fatal d'en rater… Rien que chez moi, j'ai pas moins de cent vingt chaînes au bout du câble, et les radios n'en parlons pas. Le statut de contemporain est une activité à plein temps. Déjà du temps de ma scolarité on me l'avait fait remarquer, à plusieurs reprises on me l'avait radicalement exprimé : « Mon petit, vous avez du mal à suivre. »

Histoire de prendre les choses en mains, de casser enfin l'incertitude, je sortis radicalement dans la rue pour arrêter le premier venu et lui poser directement la question afin de savoir qui j'étais. C'était une sorte de gros baraqué qui venait en sens inverse, un trapu au front bas, un peu comme ce balèze qui joue toujours les seconds rôles dans les films, mais dont je ne me rappelle plus le nom, Michel Machin, ou Jean-Claude Constantin… Tout encombré de produits frais, le brave homme revenait visiblement du marché.

Comme tant d'autres, il m'arriva dessus en me regardant droit dans les yeux, alors que ce n'était sûrement pas le genre à se laisser impressionner.

– Dites-moi, monsieur, excusez-moi de vous déranger, mais vous avez l'air de me connaître ; on se connaît n'est-ce pas ?

– Ben oui, surtout moi.

– Donc, on se connaît.

– Elle est bien bonne celle-là…

– Très bien, mais vous êtes sûr que vous ne me prenez pas pour quelqu'un d'autre… ?

– Qu'est-ce que vous me chantez là, vous me prenez pour un imbécile ou quoi…

– Pas du tout, je veux juste vous suggérer qu'en ce moment même, vous avez effectivement l'impression de me reconnaître, alors qu'en fait pas du tout, il ne s'agit peut-être pas de moi…

– Alors là je vais vous dire : que je vous connaisse, c'est une chose, mais pour être honnête je m'en fous un peu de votre cas… alors vous allez pas me prendre la tête avec vos histoires… de toute façon, là je suis vraiment chargé…

– J'entends bien, mais reconnaissez avec moi que vous pourriez tout à fait me prendre pour quelqu'un d'autre, ça arrive à tout le monde, la preuve… Moi-même en vous voyant venir de loin, je vous ai pris pour ce gars qui joue toujours les abrutis au cinéma… Comment y s'appelle déjà…

– Bon, vous m'excuserez mais vraiment faut que j'y aille…

– Très bien, mais avant de partir dites-moi juste comment je m'appelle ?

– Quoi ?
– Allez-y, dites-moi comment je m'appelle…

Le bonhomme devint à ce point perplexe qu'il en posa ses sacs. Je sentais bien que je lui avais instillé le doute. Mine de rien j'abordais là une phase décisive pour moi, de sa réponse dépendait mon sort.

– Ah ben ça, mince alors, voilà que j'ai un trou… Alors celle-là c'est la meilleure, bon sang, mais c'est comment son nom déjà…

Le bonhomme se parlait à lui-même, signe qu'il était en perdition.

– Alors, qu'est-ce que je vous disais, vous voyez bien que c'est pas moi !

– Si, mais je n'arrive plus à me rappeler de votre nom !

Quel soulagement ! Enfin je tenais là l'indice de la méprise globale et généralisée, enfin j'avais la preuve de ce malentendu phénoménal qui était à l'origine de tout ça. Pour tout dire c'était bien eux tous, je veux dire l'amalgame de mes contemporains, qui étaient victimes d'une hallucination collective, et non moi qui hallucinais seul, c'était bien eux qui déraillaient depuis le début en me prenant pour quelqu'un d'autre, et non moi qui aurait échappé à mon sort.

Le gars passait sa grosse pogne sur le front pour réactiver sa mémoire, mais il ne trouvait pas. Dans un quasi-désarroi il aborda un autre passant, un petit sec à l'allure débonnaire, et, tout en me désignant, il lui posa froidement la question :

– Dites, c'est comment qui s'appelle déjà celui-là ?

– Eh ben c'est Frangin ! Frangin, moi je l'ai reconnu tout de suite.

– Ah oui c'est ça Frangin ; Georges Frangin…

Le con. Sans s'en rendre compte il me foudroyait. J'en vacillais. C'était bien mon patronyme qu'il venait de balancer là avec la mine triomphante d'un gagnant du Loto. C'était vertigineux. Comment le premier venu pouvait retrouver comme ça mon nom, simplement en le demandant à un autre premier venu, alors que personne n'était censé le connaître ?

– Dites donc, Frangin, vous êtes sûr que ça va ?

– Justement, ces derniers temps je ne sais plus bien ce qui m'arrive.

– Pas étonnant, vous devez être surmené, croyez-moi, je n'aimerais pas être à votre place…

Un groupe de femmes arriva à notre hauteur en commentant à haute voix :

– Oh regarde, mais c'est Frangin, je le voyais plus grand…

– Non, attendez, vous me connaissez d'où…

– Ah ah, ce qu'il est drôle tout de même, ce Frangin…

C'est là que je vis que le symptôme était fortement avéré, quand on en est à vous reconnaître en faisant l'économie de votre prénom.

Le plus fort c'est que peu de gens doivent s'appeler comme ça, tout juste ces rares homonymes comme on en a tous, des homophones à la lettre près comme il y en a dans l'annuaire, on a tous fait l'expérience d'aller y regarder, des identiques jusque dans le prénom, mais dont fort heureusement l'adresse les fait différer de nous chaque fois. Tous sauf un.

Ce matin-là n'était qu'un dimanche à peine plus heureux qu'un autre, il n'y avait pas encore trop de monde sur la grande place rotonde et plane, et pourtant l'effet de ma célébrité était déjà activé comme la vigueur d'un phare. Finalement je n'étais étranger à personne. Sinon à moi.

S'il n'y avait pas dix ans que je n'avais pas eu de nouvelles des membres de ma famille, je leur aurais volontiers passé un coup de fil pour voir. Je suis sûr qu'ils auraient trouvé le moyen de me faire des reproches, à propos de la décontraction avec laquelle je vivais ça.

Ou alors ils auraient été flattés pour une fois.

Ou alors ils ne se seraient pas souvenus de moi.

Je devrais être à même de parler de mon époque, j'ai la télé pour ça, j'ai le câble et des tas de chaînes venues du monde entier, je passe même un peu plus des trois heures et vingt-deux minutes médianes devant le petit écran, par jour s'entend, autant dire que je dépasse de quelques minutes la moyenne nationale, je suis un élément assidu, et pourtant je n'arrive pas à comprendre, je n'apprends rien, même pas sur moi, j'en retiens quoi de ces heures-là, sinon que je digère mal les chips, surtout quand je les mélange au Whisky Coca. Pour être franc, j'en viens parfois à tout mélanger, le Pachtoun qui passe un col d'Afghanistan à dos d'âne et le beau gosse qui surveille les plages dans un feuilleton à Malibu, une plage dont tout ce que je sais c'est qu'elle porte le même nom qu'un alcool auquel je n'ai encore jamais goûté. Je mélange tout.

Tentative de consultation

Dans la vie, le seul qui puisse à tout moment vous renseigner sur votre cas, déterminer au plus près ce qui vous arrive, c'est bien souvent le toubib. Au moins chez ces gens-là le diagnostic est bien plus vite posé que chez un thérapeute aux investigations cérébrales. Quelles que soient les manifestations de votre trouble, le bon vieux médecin est bien le seul qui puisse éclaircir la situation, vous aiguiller sur tel ou tel domaine de spécialisation, dire de ne pas s'inquiéter ou vous affoler vraiment. Je décidai de considérer ce prodigieux trouble comme une rougeur, une démangeaison ou un bouton. Dans ces conditions que faire sinon consulter, il n'y a pas de mal à ça, il y a même toute légitimité à vouloir éclaircir un truc bizarre qui nous arrive et qu'on ne s'explique pas. Pour ne pas fausser le diagnostic, la contrainte était bien sûr de consulter un médecin qui ne m'avait jamais vu, qui ne me connaissait pas jusque-là.

Mon choix se porta sur le docteur Rabot, un de ces médecins commodes qu'on trouve dans les pages jaunes de l'annuaire, qui répondent eux-mêmes à l'interphone pour vous donner l'étage et le côté de la porte, de ces médecins sans secrétaire ni paillasson, et qui, après une station modérée dans une salle d'attente sommaire, tout juste agrémentée de vieux magazines au papier lustré, apparaissent par cette petite porte à gauche que depuis le début vous preniez pour celle des cabinets. Le docteur Rabot me tendit une main pas trop encourageante, me pria d'entrer en regardant mes pieds. La première chose qu'il me demanda, avant même de me proposer de m'asseoir, ce fut ma carte Vitale. Sans lâcher un mot il engagea la carte à puce dans son ordinateur de bureau, et plutôt que de m'examiner moi il commença d'ausculter ce qui défilait sur son écran.

– Oh mais dites-moi, il y a longtemps qu'on ne vous avait vu…

– Pas étonnant. C'est la première fois que je viens.

– Je disais « on » au sens large, le corps médical s'entend, et au-delà de moi la science, le progrès d'une certaine façon… Mais dites donc, au niveau des vaccins vous n'êtes plus du tout à jour… mais alors plus du tout…

– Écoutez, si je suis là ce n'est pas pour des questions de santé…

– À la bonne heure. Et ces petites otites que vous aviez à douze mois, à ce que je vois c'est fini, ces petits rhumes aussi que vous nous faisiez tous les hivers, deux fois par an aux antibiotiques… J'imagine que ça va mieux, puisque je vois qu'on vous a enlevé les amygdales en 89, juste avant les végétations…

J'en étais suffoqué. D'entrée ce bonhomme-là me cernait mieux qu'un biographe.

– Et ces problèmes à l'école, c'est arrangé ?

– Pardon ?

– Tous les quinze jours vous faisiez faire un certificat médical, et plus le moindre depuis quinze ans… j'en déduis donc que ça va mieux…

C'est vrai que tout ce que j'aurai fait à l'école, c'est surtout d'attraper froid, à cause des couloirs. Ceci dit l'homme de science avait raison de souligner ces faits, car mes épisodes d'otites enfantines et de rhinites allergiques mériteraient un franc chapitre de la part de tout biographe qui projetterait de s'intéresser vraiment à mon cas.

– Vous savez, j'ai passé l'âge de déranger le corps médical pour un petit rhume, d'autant que j'ai trouvé la parade dans un magazine télé, une inhalation à base de décoction de tisanes et de plantes du jardin, ou l'inverse, je ne sais plus bien…

– Je vois. À la bonne heure… Dans ces conditions, qu'est-ce donc qui vous amène ?

– Eh bien justement, vous ne remarquez rien…

– À première vue je ne vois pas.

– Mon visage ne vous dit rien ?

– Si peut-être, le blanc d'œil est un peu irrité, vos lèvres un peu sèches, la langue pas trop rosée…

– Non, je veux dire plus généralement, à propos de moi, vous ne remarquez rien…

– Très franchement, je suis tout à fait disposé à vous ausculter, mais vous m'aideriez beaucoup en me donnant un indice…

– Non mais enfin, vous n'êtes pas au courant… je veux dire de qui je suis : qui je suis vraiment, vous ne voyez pas ?

– Mon cher je sais tout de vous. Si je le voulais je pourrais même remonter à votre sevrage ou à votre première dent…

– Alors donc, vous êtes au courant ?

– Mais de quoi diable !

– De ma célébrité, de tous ces gens qui se retournent sur moi dans la rue, de tous ces regards qui me harcèlent, de tout ce qui m'est arrivé.

– Écoutez, mon cher monsieur, nous sommes ici dans un cabinet médical, seule m'importe la question de votre santé, pour le reste vous connaissez la consigne de la discrétion, que vous soyez anonyme ou célèbre, humble ou fauché, en tant que médecin tout cela ne me concerne pas… Ceci dit maintenant que vous le dites, c'est vrai que vous m'avez l'air un peu surmené.

– Ah vous voyez bien. Je vous en prie, docteur, dites-moi ce que vous savez…

– Tétracoq à six mois, BCG à un an, une crise d'acétone à six ans et demi, une coqueluche à douze, la rougeole à huit, mais pas les oreillons, une appendicectomie à dix-neuf ans, une mononucléose à vingt-deux… dites-moi, vous n'étiez pas du genre précoce…

– Et alors, en conclusion ?

– Méfiez-vous des oreillons.

Sa remarque était imparable, c'est indéniable, mais absolument hors de propos en la circonstance.

– Non mais vous ne trouvez pas ça bizarre, c'est quand même pas banal tout ce qui me tombe dessus ces derniers temps, je vous assure que c'est pas banal ce qui m'arrive, au point que parfois, chez moi le soir, j'en viens à me demander si ça ne serait pas grave.

– ... Écoutez, puisque c'est que comme ça, passez dans la pièce à côté, ôtez votre chemise et votre pantalon, gardez le caleçon et asseyez-vous sur le tabouret en attendant...

Pendant tout le temps de l'auscultation, sur un mode bienveillant, presque paternel, il essaya de nouer le dialogue avec moi. Je lui parlai de tous ces gens qui se retournaient sur moi dans la rue, du fait que j'étais célèbre en fin de compte, et à plein temps, alors que mon idée de départ dans la vie c'était plutôt l'archéologie, ou quelque chose d'approchant, même si les gens de l'ANPE n'y croyaient que moyennement... Là-dessus il reprit ma tension pour la troisième fois.

– Alors, vous en pensez quoi ?

– Ma foi pas grand-chose, une systolique un peu haute, une diastolique pas trop basse, sans doute êtes-vous un brin anxieux... Maintenant si vous me dites que vous êtes célèbre et que tout le monde vous court après, ce n'est pas très étonnant.

– Mais enfin, que je sois devenu célèbre comme ça, que du jour au lendemain tout le monde me reconnaisse, vous ne trouvez pas ça extravagant ?

– Diable non ! Si vous êtes célèbre, qu'est-ce qu'il y a d'étonnant à ce que les gens vous reconnaissent ?

– Mais...

– Moi-même au bout de dix minutes je sais tout de vous, j'ai cerné vos grands épisodes métaboliques, j'ai une idée assez précise de vos articulations et de votre foie, et, tenez, grâce à un examen un peu poussé de votre programmation génétique on pourrait vous dire au détail près tous ces petits maux qui vous attendent au tournant, avec la médecine prédictive d'ici peu je pourrai même vous soigner avec dix ans d'avance, avant que vous ayez le temps de tomber malade… admettez que c'est autrement plus fort que de simplement vous reconnaître ou avoir entendu parler de vous !

– Oui, je reconnais que c'est très fort. Mais entre nous, vous êtes sûr ne m'avoir jamais vu, en dehors de votre cabinet s'entend ?

– Écoutez, mon cher, à cela j'opposerai la règle du secret professionnel, pour le reste que voulez-vous, je n'ai pas la télé et lis peu les journaux, mes contemporains à moi seraient plutôt Voltaire, Paré ou Laennec, des tas de malades aussi, Heine, Nietzsche, Rousseau, je me méfie des bons vivants, même Casanova dans le fond, il devient vraiment profond dès lors qu'il est malade. Maintenant tout ce que je pourrais vous dire sur vous c'est ce que j'en vois en ce moment même, et sachez que si on se croisait demain dans la rue, je vous reconnaîtrais certes mais n'en montrerais rien.

– Je vous en prie, docteur, dites-moi juste si vous savez…

– N'insistez pas, je n'ajouterai rien de plus à ce que je vous ai dit déjà. Pour le reste, vous n'avez rien d'autre à signaler, pas de petit bobo, des douleurs sourdes, des élancements…

– Non, je ne vois pas. Ah si, j'ai un peu mal aux dents chaque fois que je mange des dattes.

– Eh bien arrêtez d'en manger.

La médecine est une science curieuse, elle enrobe ceux qui la dispensent d'une sorte de primauté sur le commun des mortels, une prédominance qui veut qu'en fin de compte ces gars-là aient toujours le dernier mot. Pas de doute que celui-là avait déjà entendu parler de moi, mais, contrairement aux autres, il n'était pas le moins du monde impressionné de m'avoir en face, même pas flatté, il était au-dessus de ça. Pourtant, si j'en juge par mon très haut niveau de sollicitation, ils seraient nombreux à vouloir être à sa place, à pouvoir me côtoyer d'aussi près, à pouvoir me toucher le ventre et me palper le foie, lui au contraire n'en montrait rien, il ne trahissait pas la moindre fierté, pas le plus petit frisson d'orgueil à approcher une gloire, un notoire, un type incontournable… Dans le fond, c'est cruel de ne pas être reconnu dès lors qu'on se sait célèbre. Je dirais même que c'est blessant.

C'est dans l'élan de l'évadé que je retrouvai la rue, que je renouai avec la grâce de l'universelle aménité, cet enchantement de la reconnaissance immédiate, cette presque extase qu'il y a à sentir les gens émoustillés par le fait de vous frôler. Dans la vie il n'y a pas mieux qu'un toubib pour vous rabaisser, vous renvoyer à votre banale humanité, vous dénier toute singularité. Tous ces anonymes qui me cherchaient du regard, tous ces passants qui s'épargnaient de m'ignorer, au moins ceux-là me voyaient. Qu'y a-t-il de plus mortifiant que d'être ignoré de tout le monde, d'être royalement dédaigné ? C'est le mal du jour que d'avancer sur des trottoirs sans émouvoir personne, de divertir sa solitude dans l'indifférence des autres, et même s'il n'y avait rien d'autre qu'un puissant malentendu à l'origine de mon renom, un quiproquo à l'origine de toute cette illusion, pour une fois je goûtais ce parfait gâteau de la reconnaissance, je m'en rassasiais comme un enfant, je faisais des détours interminables pour replonger à pleines mains dans la gloire, je ne craignais pas de m'en mettre partout, après quoi je rentrais chez moi sans plus me défaire de ce franc sourire que je leur renvoyais à tous, et dans mon canapé je fermais les yeux et repensais à tout ça, je digérais infiniment le sucre lent de l'estime, sans même avoir besoin d'allumer la télé, je me regardais en dedans et c'était distrayant.

Tourne, tourne joli manège, et vois comme tout le monde me regarde… Un jour, c'est vrai, mes parents m'avaient oublié sur un manège, du moins ils m'y avaient laissé seul, le temps de faire une course s'entend. Il s'agissait d'un grand train, miniature cependant, un train qu'il y avait pour Noël sur une des places de la ville. J'ai tourné comme ça pendant des heures, probablement moins, hurlant ma détresse au milieu des rangées de témoins, des parents désolés et des mômes perplexes, qui tournaient sur le même manège, pivotant la tête pour me voir chialer. J'étais resté seul longtemps comme ça, étincelant de détresse, sans avenir ni parent, et tout le monde me plaignait. C'était bien.

Le jour de la grande claque

Dès lors je ne laisse nul œil indifférent, je les impressionne tous, y compris l'œil électronique de tout ce qui se déclenche, c'est une aptitude intrinsèque, pour ne pas dire un talent. Ainsi ce jour-là dans les toilettes du *Café Français*, il suffit que je rentre pour qu'instantanément toutes les optiques se mettent en marche. L'œil du sèche-mains en premier, à peine passai-je devant qu'il s'était mis à souffler bruyamment, de même que l'infrarouge du lavabo qui libéra son eau, et le pschitt sournois qui me vaporisa son vil parfum dans le dos, tous réagissaient à ma présence…

En remontant dans la salle, là encore tous les regards s'allumaient à mon passage, le long du bar ils voulaient tous me payer un verre pour tenter la connivence, c'en devenait touchant. Par moments il faut savoir tendre la main à son public, faire preuve sinon de condescendance, du moins de bonne volonté. Évidemment, à cause des verres qu'ils ingurgitaient, tous ces gens étaient largement désinhibés, j'en trouvais même pour se flatter ouvertement de ma présence, poussant le vice jusqu'à nous trouver des sujets de conversation. Ce n'est pas que je sois blasé, mais il faut reconnaître qu'après quatre jours de célébrité, j'en présumais les effets et en supposais les détours. Pour une fois j'étais presque à l'aise, d'autant que tout cela restait fort courtois, presque bon enfant, ma seule présence avait valeur de représentation, mes silences relevaient de la réflexion, même en ne faisant rien je les impressionnais.

Après le sixième Whisky Coca j'étais tellement optimiste sur les questions qu'on pouvait me poser, tellement gai, que je n'ai pas bronché quand on m'a passé un joint, ce qui levait mes doutes sur la subtile odeur que j'avais notée depuis le début. En salle par contre, parmi la clientèle assise, ces moins fêtards qui n'étaient là que pour manger, j'ai le souvenir de certains regards réprobateurs. Dans le camp des sobres il y en avait plus d'un à être déçu, surpris de me voir passer d'un pied sur l'autre en tirant sur un pétard grossièrement roulé. Tout de même, je me disais qu'à l'avenir il faudrait s'en tenir à plus de réserve, ménager ces âmes tièdes qui s'offusquent du premier écart, concerner le monde autrement qu'en le décevant.

Il va sans dire qu'en la circonstance, dans le grand café on ne voyait que moi, mais cette fois je tenais l'explication vraie, cette fois ma mise en lumière n'était plus fortuite mais délibérée. Au moins j'avais la très vive conscience d'être remarqué à bon escient. Il est bon de temps en temps de savoir vraiment ce qui nous arrive, et comment. Je rentrai donc chez moi avec la conscience tranquille, la lucidité abstraite de l'homme qui cherche ses clefs et les retrouve dans le plus pur soulagement, après quoi je me laissai tomber sur le canapé avec ce qu'il faut de ressource pour attraper la télécommande, et je pianotai d'un doigt des gammes de programmes sur ma télé.

Et c'est là, mes frères, mes purs semblables, que se produisit le choc terrible, la secousse de ma vie, le véritable télescopage existentiel, celui qui en intensité les battait tous, un choc qu'à la limite je pourrais qualifier d'épiphanie. Oui c'est au détour d'un zapping anodin que je me pris ma plus vive giclée d'adrénaline, le genre de baffe qui vous dessaoule d'un coup, sans même vous laisser le temps de le regretter. Pourtant j'avais fait quoi, rien d'extraordinaire, j'étais salement vautré comme on le fait tous sur mon canapé, les chaussures à moitié ôtées, le corps lourd mais l'esprit dégagé, j'en étais à passer d'une chaîne à l'autre, incapable de me concentrer sur quoi que ce soit, le pouce ripant sur la Une pour retomber sur la Deux, ainsi de suite jusqu'à Soixante-dix, et c'est là que froidement, aussi sèchement que je vous le dis, au détour d'un générique de fin de journal et d'une pub pour un poisson surgelé, oui c'est là que sans ménagement je suis tombé sur moi… C'était bien une image de moi qui était là à se dérouler plein cadre, moi qui marchais le long d'un trottoir, comment ne pas me reconnaître, d'autant que la voix off annonçait mon nom, avisant de ma présence dans une émission prochainement programmée… Autant dire que j'ai dégrisé d'un coup, cette simple vision suffisant à abolir toutes les ébriétés de mes bières du soir et autres satisfactions.

Il faut le savoir : autant on est habitué à voir à peu près n'importe qui dans sa télévision, autant de s'y découvrir soi, surtout sans y avoir été invité, produit un choc effroyable.

C'était pendant le déroulé d'une bande-annonce, à propos de cette émission fameuse du soir dont j'ai oublié le nom. J'ai juste eu le temps d'entendre les derniers mots du laïus à propos de moi. Sur fond de *jingle* on annonçait ma présence pour la semaine prochaine, on évoquait un livre à propos de mes confessions, on promettait que je révélerais tout…

Je ne me suis vu qu'une poignée de secondes, car, ensuite, il y a eu un petit topo sur les autres invités, au nombre desquels j'ai reconnu la grande chanteuse avec la voix du Canada, un mannequin déluré, un curé en habits, et un fameux homme d'affaires qui synthétise à lui seul l'excès, la chute et la rédemption.

Alors là que dire, sinon que ma première impression a été bonne, en fin de compte je me suis trouvé bon, valablement peigné en tout cas. Dans le petit reportage je marchais dans une rue près de chez moi, assez proche de la décontraction. À l'avenir il faudrait veiller à deux trois petites choses, je pense à ce pan de chemise qui sortait de mon pantalon, à ces épaules un peu rentrées, alors que pourtant on m'aura dit mille fois de me tenir droit.

Soudainement dégrisé, j'ai eu le précieux réflexe de chercher le numéro de la chaîne dans les pages jaunes. Une fois en ligne la standardiste ne voyait vraiment pas qui me passer, plutôt embarrassée par ma requête. Sans du tout vouloir l'embêter, je lui ai fait remarquer que tout de même, ça n'était pas acceptable de tomber sur soi en allumant sa télé, surtout avec la chemise qui dépasse du pantalon, ce n'était pas des façons, vous filmer sans qu'on vous ait prévenu, à propos de confessions dont je n'avais moi-même jamais entendu parler.

– Ce sont des choses qui arrivent vous savez...

Le plus beau c'est que la fille ne disait même pas ça en plaisantant mais avec une assurance tranquille, une manière de survoler les catastrophes. Ça se voyait qu'elle travaillait à la télé.

– Soit, mais en l'occurrence il s'agit de moi, ce livre doit parler de moi, j'aimerais au moins savoir ce qu'il y a dedans...

– Vous devez bien avoir quelque idée de votre biographie ?

La fille avait de l'à-propos et tout ce qu'il faut d'esprit, il faut dire aussi que ce n'était pas n'importe quelle chaîne.

– Oui, sans doute, mais je vous assure que mes confessions ne sont pas écrites, ce n'est pas possible, et puis un livre sur moi, pour parler de quoi ?

– Je ne sais que vous dire... Je veux bien essayer de vous passer monsieur le président de chaîne, mais je crains que pour une fois il ne soit pas dans sa voiture.

– N'allez pas le déranger pour ça.

– Au contraire, je suis sûr qu'il serait flatté de vous avoir. Je vous mets en attente une seconde, ne quittez pas...

Encore une fois, force est de reconnaître que la célébrité offre quelques avantages, qu'on le veuille ou pas, un simple nom peut avoir valeur de passe-droit.

– Écoutez je viens d'avoir son assistante, pour l'heure il est en réunion dans sa voiture, mais il vous propose un rendez-vous après-demain, à l'heure du déjeuner, ça vous va ?

– Oui très bien, où ça ?

– Dans sa voiture probablement.

– Ah bon, mais elle sera où ?

– Soyez après-demain à treize heures dans nos locaux, on vous orientera.

Une fois raccroché, je révisai la formulation précise de mes récriminations… Que lui dire au fait ? Me plaindre d'apprendre que je vais passer dans ma télé sans qu'on m'ait prévenu, exiger qu'on me renseigne sur la nature exacte de mes révélations, lui dire que ça ne se fait pas… ?

Si ça se trouve il me trouvera bizarre, il me traitera de vieux jeu. C'est de ma faute aussi, si j'étais un peu plus attentif à tout ce qui m'arrive, un peu plus réveillé, je ne me serais pas retrouvé célèbre comme ça du jour au lendemain, je ne me serais pas laissé surprendre comme un novice. J'ai un manque de foi en tout ce qui me concerne. J'ai l'humilité ancrée en moi comme un vice. Depuis toujours je me sens habité par le sentiment profond de faire partie d'un tout, je vis ma vie avec le sentiment d'être à mon poste, allié loyal d'une civilisation qui improvise son chemin, je ne suis qu'une fibre dans le tissu de l'histoire, je ne suis qu'une tête, et même pas de celles qui dépassent, très loin de ces accrocs qui dénaturent le motif, non, personnellement je ne revendique pas, je ne me plains de rien, ne me reconnais en personne, je ne participe d'aucune rancœur ni conjuration, je n'entrouvre que des réflexions qui jamais ne me dépassent, je ne suis qu'un nom sur une boîte aux lettres.

Pour le reste ma famille ne me parle pas, mes proches se sont éloignés au gré des déménagements, disséminés au hasard de la géographie et du renouvellement des générations, comme il en va de tout entourage, les gens disparaissent ou s'éparpillent, comme les meubles, l'automne sous le vent. Non, pour tout dire je n'intéresse personne, même pas moi dans la plupart des cas.

Quelle organisation farouche il faut pour arriver à se lever tous les matins, avoir prévu la veille ce qu'il faudra pour petit-déjeuner, ou bien avoir conçu la somme pour le prendre dehors, formule complète à une terrasse ensoleillée. Au cinquième jour de ma célébrité, quels que soient les privilèges de mon statut et l'ampleur de mon aura, quand bien même je passais à la télé, il n'empêche que j'avais plus rien pour petit-déjeuner chez moi. Le rêve ce serait de vivre à l'hôtel, si possible cinq étoiles. L'hôtel ce serait la promotion absolue, se sentir chez soi dans un endroit anonyme, dormir dans un lit dont on ne verrait jamais le sommier, détendre des draps propres sans jamais les border, s'asseoir dessus et que ça rebondisse chaque fois, le rêve quoi. Si j'étais à l'hôtel, à l'heure qu'il est je me ferais monter le petit déjeuner dans la chambre.

C'est idiot à dire, mais à l'aube du cinquième jour j'éprouvais une peur panique à l'idée de sortir, renouer avec la vertigineuse sensation, être cette fois, non plus célèbre du jour au lendemain, mais pour le cinquième jour consécutif.

J'aurais tellement aimé que ce ne soit qu'un mauvais rêve, une hallucination passagère due à l'ingestion d'un champignon bizarre ou d'une liqueur incongrue. Mais je ne bois que des alcools validés par l'État, et ne ramasse les champignons qu'aux étals des marchés, jamais dans des sous-bois fertiles ou les halls des cités.

Je dois le dire, car c'était une franche découverte, la célébrité empêche rudement de dormir, elle titille comme un mal de dents. Du moins dans les premiers temps, elle amène à un tas de questionnements subalternes, de l'ordre du pratique, mais qui ne manquent pas de maintenir éveillé. Ainsi, face à ce soi-disant public que dès lors j'avais, qu'y avait-il de plus désobligeant, de concéder qu'on me reconnaisse ou m'obstiner à dénier ?

Pour atteindre tranquillement la boulangerie, la solution était de mettre des lunettes noires comme le font parfois les stars, par précaution j'ajoutai même une écharpe et un stupide bonnet dont je ne m'étais plus coiffé depuis l'âge de douze ans. Au lieu de passer par l'avenue, je contournai subtilement par la petite rue derrière, sans croiser personne, sinon l'invalide modulable qui prenait sa pause en se baladant là, alors qu'en temps normal il fait la manche au numéro 16 du boulevard, puisque le 14 n'est pas rentable. Cette fois, c'est un bras qui lui manquait, et non la jambe, autant dire qu'il allait mieux. Le pire c'était les jours où il n'y voyait pas, plus bouleversant que jamais, surtout quand en prime il lui manquait les deux bras et que me venait le réflexe malheureux de lui serrer la main. Aujourd'hui il était aveugle, il avait les lunettes pour ça, bien qu'en pause il ne me voyait pas, je l'en aurais presque remercié.

Je continuais de longer les murs, le regard fixé vers le bas, comme cette ancienne actrice de cinéma qui fait parfois ses courses dans le quartier, Claudia je-ne-sais-plus-quoi, ou alors Anna, pas française en tout cas… Celle-là je la repère chaque fois de loin en me disant, tiens, comment elle s'appelle déjà… oui assurément c'est la phrase qui me vient à propos d'elle : Comment elle s'appelle déjà ? Pendant plus de cent mètres ça m'occupe l'esprit, je ne pense qu'à ça, je me dis qu'une fois à la maison je chercherai dans mes piles de magazines télé, puis après cent mètres j'oublie, je pense à autre chose.

– Et pour monsieur ce sera une demi-baguette comme d'habitude… ?

Malgré le bonnet et les Ray Ban la boulangère m'avait reconnu, signe qu'elle est physionomiste au-delà des aspects, qu'elle reconnaît les gens en plus de les anticiper, après tout c'est son métier. Elle me fit tout de même la remarque à propos de l'écharpe et des lunettes, savoir si c'était le rhume ou l'eczéma… Par contre elle ne fit aucune allusion à ma célébrité ni à quoi que ce soit d'autre qu'elle aurait pu connaître de moi. De toute façon cette femme-là ne pose jamais de question, ne m'en a même jamais posé, elle a d'autres chats à fouetter. Pour une fois, je lui demandai civilement si ça allait, elle me répondit que oui, ça allait bien, elle me remercia de cette attention, et passa très vite au flan de la mémé suivante, une soupçonneuse qui me regardait bizarrement, une petite vieille qui en était à se demander où est-ce qu'elle m'avait vu déjà, un peu comme moi et Claudia.

Pour prendre le lait et une petite demi-bouteille de rhum, je dus emprunter l'avenue, mais au licu de me fondre dans la discrétion, les lunettes et le bonnet produisaient l'effet inverse, par ce beau temps. En riposte j'opposais l'air le moins sympathique possible à ceux qui menaçaient de s'approcher, je pressais le pas pour bien montrer que je n'avais pas le temps, j'en devenais exécrable, pas sympa, tant pis pour mon image. Tout ce que je voulais c'était rentrer, prendre mon petit déjeuner, mordre dans la baguette bien chaude, l'accompagner au besoin de confiture ou d'une boîte de pâté pourquoi pas.

En bas de chez moi, la plus vive épreuve fut de croiser ce groupe de jeunes filles, d'autant que l'effet de bande les désinhibe toujours un peu. Pourtant j'aime les filles, c'est même vers elles que tendrait ma sexualité si j'en avais réellement, mais de les voir toutes me sourire et me faire des expressions me mit mal à l'aise. À la limite c'était inquiétant. Je l'avais entendu dire par le grand chanteur Patrick, Patrick je-ne-sais-plus-quoi, celui-là même que les filles suivaient partout du temps où il était jeune, il en avait fait l'aveu dans un journal : « Toutes ces filles qui vous courent après, à force ça fait peur… » À l'époque, ces quelques phrases avaient produit un effet terrible sur moi, j'avais trouvé tellement incroyable qu'on puisse souffrir de ce que les femmes vous courent après, qu'on puisse se plaindre de ce qu'elles vous abordent sans cesse, vous prennent carrément le bras, j'en étais révolté… Quand je l'avais entendu, je m'étais dit que personnellement ça ne me gênerait pas. Je l'avais longtemps envié le grand chanteur Patrick, j'en étais même devenu jaloux.

Maintenant je comprends mieux ce qu'il voulait dire. C'est vrai qu'il y a des jours où on a juste envie de rentrer chez soi avant que sa baguette ne refroidisse, célèbre ou pas il y a des jours où on a juste envie de tartiner sur du chaud.

Une fois à la maison je retrouvai l'article dans ma pile de *Télé loisirs*, le grand chanteur Patrick avouait qu'au tout début de sa carrière, face à l'hystérie collective et ces symptômes qu'elle générait, il n'arrêtait pas de se répéter : « Mon dieu, mais qu'est-ce qui m'arrive… » Il avait même déprimé au point de sombrer dans la drogue et la paranoïa, des symptômes qu'il a depuis fort heureusement guéris en ne sortant plus, en se réfugiant de longs mois à l'étranger, avant de finalement se décider à consulter un thérapeute spécialisé, un praticien qui visiblement a dû être excellent.

Il faudra que je pense à lui demander de me donner le nom de son toubib au grand Patrick, oui, si un jour on se croise il faut absolument que je pense à lui demander les coordonnées du psy qui lui a réglé son cas.

Enfin je tenais un responsable

Dès lors que les choses nous concernent très directement, on est toujours les derniers à être au courant. Comme pour l'adultère ou le licenciement, les autres le savent toujours avant. Personnellement, quoi qu'il m'arrive, je suis rarement le premier à le réaliser. Je crois que c'est pour tout le monde pareil.

On pourrait certes s'intéresser à la façon dont le monde fonctionne, car quoi qu'on en pense, malgré nos sommes de reproches et de récriminations, il fonctionne. Seulement voilà, en définitive chaque être s'en tient au cas par cas, chacun aménage pas à pas sa désillusion, dans le fond on ne pense jamais qu'à soi. Je n'échappe pas à la règle, la préoccupation majeure de tout homme c'est d'essayer de régler son cas.

– … Puisque je vous dis que j'ai rendez-vous avec le président de la chaîne, monsieur Raphaël, le patron quoi.

– Peut-être mais j'ai des consignes, sans le badge vous ne pouvez pas rentrer…

– Enfin vous me reconnaissez tout de même, je suis connu, tout le monde le dit…

– Peut-être, mais vous avez pas le badge, et moi pour des raisons de sécurité je ne peux pas vous laisser rentrer si vous n'avez pas de badge. Ici ne rentrent que ceux qui ont le badge.

– Mais voyons, puisque je vous explique que j'ai rendez-vous avec le patron, c'est pas n'importe qui le patron, convenez-en… et en plus j'ai fait une demi-heure de RER et trois changements…

– Peut-être, mais moi sans le badge je ne laisse rentrer personne.

C'est là qu'une limousine noire coulissa hors du parking à droite et klaxonna. À l'arrière, une vitre fumée s'abaissa pour révéler un être qui s'adressait à moi.

– Frangin, à la bonne heure vous êtes là, venez, montez avec moi…

Je ne pus retenir une pointe d'ironie à l'encontre du vigile.

– Alors, voyez qui c'est lui, celui qui me fait signe là, hein, eh ben c'est le président de chaîne, le big boss, le patron en chef…

– Peut-être, mais il a son badge.

Je rejoignis le président à l'arrière de sa Mercedes élargie, spacieuse comme un bureau. Il était là, alerte et confortablement disposé, finissant une conversation sur son portable tout en demandant au chauffeur de sortir les sushis du frigo à l'avant, de sorte que je ne savais plus trop à qui il parlait.

– Alors, vous avez cherché à me joindre ?

– Écoutez monsieur Raphaël, Raphaël comment déjà…

– Appelez-moi Raphaël.

– Monsieur Raphaël, vous vous imaginez bien que j'étais le premier surpris de me voir à la télé, surtout au sujet de mes confessions, alors que moi-même je ne comprends rien à ce qui m'arrive… J'ai peur que ce ne soit pas très correct de votre part, pas très réglo, vous auriez au moins pu m'en parler, voire me demander la permission…

– Oh non, mon cher Frangin, vous n'allez pas vous y mettre vous aussi, en ce moment on n'a que ça, des vedettes à problèmes, des rois de l'emmerdement, entre le détenu de longue peine qui récidive le jour de la parution de son repentir, le sportif qui se met à foirer toutes ses compétitions et le mannequin de vingt ans qu'est même pas foutu de se souvenir de sa biographie, croyez-moi ces derniers temps on n'en sort plus, alors de grâce, épargnez-moi les états d'âme… Vous aimez le raifort au moins ?

– Je ne connais pas. Mais ces confessions, c'est tout de même pas un livre sur moi ?

– Quelle importance… Et le chinchard, vous aimez ça le chinchard ? vous préférez le saumon peut-être ?

– Ce que je préfère comme poisson, c'est le hareng.

– Désolé, dans le sushi on n'en met pas. Du maquereau à la rigueur.

– Mais quel besoin de faire un livre ?

– Voyons, de nos jours le livre c'est la relique, les gens l'achètent pour s'approprier un fragment de la star, comme ils le feraient d'un vieux mouchoir ou d'un mégot. Le problème c'est qu'aujourd'hui les mouchoirs sont en papier et que les vedettes ne fument plus. D'où la nécessité du livre.

À bord de sa limousine, on était aussi peu secoué que si on n'avançait pas. Chaque rue, chaque carrefour gagnait une sorte de velouté, je goûtais là un des prodiges de l'élite, ne pas souffrir des transports. De nuancer toute épreuve par le confort.

– Monsieur Raphaël, n'allez pas croire que je cherche à vous mettre des bâtons dans les roues, mais tout de même, j'aimerais y jeter un œil sur ce bouquin, mes confessions, j'aimerais au moins savoir de quoi ça parle…

– Voyons malheureux, mais il n'est pas écrit…

– Dans ces conditions, évidemment.

– Ne vous tracassez pas, l'éditeur m'a assuré que les libraires avaient déjà des demandes, ça va faire un malheur votre histoire, c'est très fort ce que vous avez fait là mon vieux, bravo, continuez…

– Oh vous savez, je n'y suis pour rien…

– Tutt tutt, et modeste avec ça… À ce propos, perdez ce malheureux réflexe de réfuter les compliments qu'on peut vous faire, ce n'est pas bon de minimiser, en tout cas ça ne donne pas envie d'acheter le livre, encore moins de l'écrire… Il faudra me perdre cette manie Frangin, l'humilité laissez ça pour les humbles, n'est-ce pas…

– Que voulez-vous je ne comprends rien à ce qui m'arrive…

– Allons allons mon vieux, faut assumer, et puis arrêtez donc de manger avec les baguettes, essayez plutôt avec les doigts, vous allez me tacher les sièges… Quoi qu'il en soit je compte sur vous pour l'émission, et dites-vous bien qu'une fois sur le plateau ce ne sera pas le moment de flancher, de vous épancher sur le mode : « Oh mon dieu, mais qu'est-ce qui m'arrive… je comprends rien à ce qui m'arrive… » À la télévision, il faut avoir l'air sûr de soi, rien n'est pire que d'être approximatif, et négatif n'en parlons pas… Non, ayez l'air sûr de vous, reprenez-vous, souriez quelle que soit la question, et surtout efforcez-vous d'être sympa… Ah je vous prie de croire, mon cher Frangin, votre histoire est impayable, je m'en relève parfois la nuit pour me pincer… Pourtant je vous jure que j'en ai vu des histoires, de nos jours on ne voit que ça…

Vraiment ce gars-là était impressionnant, en tout cas il n'y avait rien de choquant à ce qu'il porte le nom d'un peintre célèbre. Autant « Delacroix » ou « Mozart » n'irait pas à tout le monde, sur certains ce serait même choquant, alors que lui, Raphaël lui allait comme un gant.

– Ah oui, tout de même, je ne voudrais pas vous embêter, monsieur Raphaël, mais dites-moi ces confessions, quand vous les aurez, vous pourriez m'en envoyer un exemplaire, que je les lise au moins ?

– Il n'est pas dit qu'ils les rédigent…

– Ah bon, mais je pensais qu'on commençait par ça…

– Allons Frangin, sortez des vieux schémas… Croyez-moi, le plus sage c'est de se mettre à écrire le livre quand on est sûr qu'il va marcher, pas avant, et là franchement c'est trop tôt. Ce serait trop bête de concevoir le bouquin en entier, avec le risque qu'en fin de compte il ne se vende pas, le schéma ne serait pas cohérent… Faites-moi confiance mon vieux, l'essentiel dans un premier temps c'est de passer à la télé, avec la couverture en fac-similé et l'auteur qui va avec, le contenu est une question secondaire…

– Et pour le titre ?

– Votre nom suffira, en caractères gras, au moins comme ça tout le monde saura de qui on parle. On vous façonnera un exemplaire factice, ne vous inquiétez pas, histoire de ne pas arriver à l'émission les mains vides.

Loué soit le progrès et tous ceux qui l'inventent, louées soient toutes les trouvailles de l'esprit qui nous dispensent d'avoir à trop nous en servir… En ce qui me concerne, j'en ai déjà fait le constat, entre la télécommande et le rasoir deux lames, entre la salade en sachet et le croque-monsieur sous vide, le progrès de notre civilisation est globalement quelque chose qui m'arrange bien.

– Dites-moi mon cher Frangin, puisque je vous ai sous la main, permettez que j'en profite pour vous demander deux ou trois petites choses.

– Ne comptez pas sur moi pour les éclaircissements.

– Tout de même, il y a un détail que je n'ai pas bien saisi ; vous avez des enfants ?

– Non.

– Pas de femme non plus ?

– Non.

– Vous êtes sûr ?

– …

– Bon. C'est mieux comme ça, beaucoup plus profitable, dans le sens de notre projet s'entend, et du contenu qu'on y veut donner. Et des drogues, vous en prenez ?

– Pas encore. À peine un petit joint quand on me le tend, mais on ne m'en propose pas souvent… En tout, j'ai dû en fumer trois.

Le chauffeur était d'une discrétion parfaite, sa présence impalpable nous manœuvrait au travers de la ville, il accélérait sans bruit, semblait ne freiner jamais. On avançait résolument vers les extérieurs de Paris. Il y avait quelque chose d'irréel à être dans la voiture même du président d'une chaîne que je regardais souvent.

– Mais dites-moi, monsieur Raphaël, est-ce qu'à un moment ou à un autre il sera question de contrat entre nous ?

– Hou là, malheureux, tout dépendra du choix de notre partenaire, si c'est une marque automobile ou des yaourts ; au fait vous préférez quoi dans la vie, les voitures ou les yaourts ?

La célébrité confronte à des questions dont je n'aurais jamais soupçonné que j'eusse un jour à me les poser.

– De toute façon vous verrez ça avec votre attachée de presse, elle vous retrouvera à votre hôtel…

– ?

– Comment, vous n'êtes pas à l'hôtel ?

– J'habite chez moi.

– Le temps de la promotion il serait souhaitable de recevoir à l'hôtel. Vous avez une préférence ?

– Il y a le Stella à côté de chez moi, et un Ibis pas loin.

– Vous n'y êtes pas… Jennifer réglera tout ça, entre le Bristol ou le Ritz on verra, de toute façon l'essentiel c'est de lui donner de la matière, pour nourrir la promo il faudra lui trouver des angles.

– Il y a peu à dire sur moi vous savez, jusque-là j'ai eu une vie plutôt tranquille.

– Mais fouillez dans vos peines, relevez vos douleurs, débusquer vos errements, trouvez-vous des carences ou des condamnations, et faites attention, Frangin, dites-vous bien que pour vous aimer vraiment les gens auront besoin de vous plaindre, vous devrez en passer par là, je ne vous fais pas de dessin…

– Pourtant ça m'aiderait.

– Ne retenez qu'une règle, mon cher Frangin, quand un truc marche, il faut tout faire pour que ça continue de marcher. C'est la loi du succès.

– Très bien.

– Regardez-moi en face. Faudrait peut-être songer à vous faire refaire le nez, il n'est pas un peu gros ?

– Non, ce sont mes joues qui sont trop petites.

– Soit… Bon, tâchez de nous trouver deux trois anecdotes, de quoi dramatiser les interviews… sans quoi on va s'ennuyer.

– Tout de même, c'est déjà pas mal ce qui m'arrive, en tout cas je suis bien le premier…

– Ne croyez pas ça.

– C'est pas banal en tout cas.

– Je reconnais.

– Mais dites, monsieur Raphaël, et vous, vous le savez pourquoi je suis devenu célèbre ?

– L'essentiel n'est pas de savoir pourquoi on le devient, mais ce qu'il faut faire pour le rester.

– D’accord, mais entre nous, vous le savez ?

– Encore heureux Frangin, encore heureux… Bon allez, ne vous tracassez pas avec ces histoires, on en reparlera, pour l’instant concentrez-vous sur votre émission, ne vous préoccupez pas du reste, parce qu’il faut que vous soyez bon Frangin, je ne dis pas ça pour vous coller la pression, mais une émission c’est plus ou moins une épreuve, un examen de passage… Sur ce j’ai mon avion à moins dix, je vous laisse là, ça ne vous ennuie pas… Vous trouverez un taxi n’est-ce pas…

La limousine noire me déposa sur la bande d’arrêt d’urgence, dans une zone que je ne reconnus pas tout de suite, du moins je ne voyais pas s’il s’agissait de l’échangeur de la porte de la Chapelle ou de celui de la porte de Bagnolet. Je me retrouvais en plein cœur d’un imbroglio de périphériques et de bretelles d’autoroutes sans le moindre trottoir. La délicatesse tout de même, c’était de m’avoir déposé sur le côté droit. Évidemment, une nouvelle fois on me klaxonnait de partout, je ne saurais dire si c’était parce qu’ils m’avaient reconnu ou simplement pour m’engueuler. Je n’aurai jamais vu autant de voitures passer en tous sens et aussi près. Seule certitude, à des centaines de mètres à la ronde, j’étais le seul piéton.

C’était peut-être un peu discourtois de sa part de me lâcher là, mais je ne me plaignis pas. En tout cas je préférais, et de loin, qu’il me plante dans ce coin plutôt que de me demander de prendre l’avion avec lui.

Des avions je n’en prends pas. J’ai horreur de ça.

Économies d'échelle

En analysant par recoupements mes émotions personnelles, cette intime chimie qu'elles sécrètent, je puis dire qu'un accès de subite célébrité fait à peu près le même effet qu'une crise de spasmophilie en plein restaurant. L'un comme l'autre vous prennent généralement devant tout le monde, et font que l'attention se porte frénétiquement sur vous. Dans les deux cas on se sent apparaître d'une manière disproportionnée dans le regard des autres.

Sans m'en rendre compte je renouais là avec des effets voisins de ce symptôme bizarre qui m'était tombé dessus le jour de ma première journée de travail, un malaise qui m'avait pris à l'évocation d'une simple locution, ce vertigineux axiome qu'il me faudrait déjouer sans cesse : les *économies d'échelle.* Dès lors, il était dit que je vivrais sous la menace de cette avanie, que cette angoisse féconderait ma docilité.

Depuis cette célébrité récente, je marchais dans la rue comme à l'issue de cette première journée de travail, avec une sorte d'hésitation, une précarité remarquable. Être constamment observé me donnait la sensation d'évoluer sur le rebord d'un parapet, au milieu d'un danger constant, tout individu menaçant à tout moment de m'interpeller. Tous les dix pas je trébuchais sur des saillies ou des reliefs de trottoir sur lesquels je me retournais chaque fois, mais qui n'existaient pas.

Je sentais refluer les vestiges d'une pathologie vague éprouvée aux toutes premières heures de ma vie active, le jour où, commercial dans un premier temps, j'avais décidé d'explorer ma puissance de travail en tant que force vive. C'était l'époque où je m'étais cru une âme de businessman, parce que moi-même à mon petit niveau j'étais parti de ce constat : la France est un pays qui manque globalement de contrats. Tout le drame était là. Je l'avais même entendu dire dans une réunion politique, parce que, à l'époque, j'avais aussi tâté de la politique, je hantais les meetings pour m'élaborer un destin. Là aussi on m'avait promis un poste et ce qu'il faut d'avenir, mais la politique est un secteur où il faut penser vite et se lever tôt. Très rapidement, j'avais dû l'admettre : je n'avais aucun talent pour distribuer les tracts. Sur les marchés on me les refusait chaque fois. À la fin de la distribution, j'étais le seul à revenir avec bien plus de prospectus qu'on ne m'en avait donné le matin. Non seulement on ne prenait pas les miens mais en prime on m'en donnait d'autres, les gens se débarrassaient des tracts adverses en me les refilant, par souci d'écologie s'entend. Chaque fois je retournais à la cellule avec les prospectus de partis un peu moins communistes que le nôtre, toutes tendances représentées. Ça ne passait pas inaperçu. Mes prouesses étaient remontées jusqu'à l'échelon départemental, jusqu'au sommet de l'organigramme, autant dire que j'avais fait sacrément parler de moi.

La politique ne m'allant pas, j'avais donc résolu de me replier sur un individualisme pépère, me trouvant par moi-même une fonction, puisque à tout homme revient cette tâche, trouver sa place dans le monde. Pour bien faire j'avais répondu à une petite annonce pour un poste de représentant qui ne nécessitait pas de performances particulières, et m'étais acheté un blazer bleu pétrole, un veston à cause duquel j'ai contracté ce tic, celui de toujours remonter les épaules. Plutôt que de me nommer directement directeur de quoi que ce soit, dans un premier temps on m'avait assigné à la force de vente, un job de base, selon ce principe valable pour les affaires comme pour les sports de ballons, mieux vaut commencer sur le terrain.

En somme on m'avait dit : Voilà des bons de commande, tu n'as plus qu'à les remplir, et faire signer des clients. Simple dans le fond. Et pourtant dès les premières heures quelque chose n'allait pas. Rien qu'à voir la tête de mes nouveaux collègues, je ne me trouvais rien pour leur ressembler, à cause de l'humour sans doute, la tonalité générale. Pourtant j'étais dans un secteur plutôt humain. Le biscuit ça reste pas loin de l'enfance, ça sent la pâtisserie et les cartons sont fragiles. Le biscuit, ça faisait moins peur que les roulements à bille ou la métallurgie.

Seulement, dès ma prise de contact avec mes nouveaux collaborateurs je m'étais senti mal, entre nous le courant ne passait pas, ne serait-ce que pour choisir le restau au moment de déjeuner, j'avais dû accepter l'idée de la pizzeria, moi qui suis allergique à la sauce tomate. D'un coup tout s'effondrait, d'un coup il m'apparaissait que le travail serait à vie un mauvais moment à passer, un sacrifice à peine rentable, un strapontin depuis lequel je verrais toute illusion se dissiper comme les ballons de l'enfance, et devrais me convertir à la sauce tomate. Cette entrée dans le travail c'était comme un trait tiré sur toutes les vues de jeunesse, approcher une certaine idée de l'homme au point d'en devenir un soi-même, mais assis, plié, cassé, le désespoir en vrac dans le métro du matin. Dès les premières heures, je m'étais mis à trembler de tous mes membres, j'étais parcouru de frissons, dans mon trouble tout se confondait, les gens comme les stylos, ça me gribouillait d'un air vague qui faisait qu'on me demandait sans cesse si ça allait…

Ou alors c'était la perspective de devenir un adulte qui m'affolait, une façon de me braquer au sortir de l'adolescence, toujours est-il qu'une fois à table mes collègues entreprirent de s'épancher sur la précarité de leur poste, de s'évaluer à l'aune de ce spectre qui devrait dès lors me hanter, leurs fameuses *économies d'échelle*. Ils en parlaient comme d'une fatalité. Où que l'on monte, on vivrait sous la menace d'un jour en être décroché.

C'est là que d'un coup le décor s'était mis à valser, et qu'en pleine pizzeria, au beau milieu de mes tout frais collègues, je fus pris d'un vertige proche de l'évanouissement. Il faut dire aussi que c'était une pizzeria sans chaises, mais avec des hauts tabourets, des sortes d'échasses pour être à hauteur de la table, de sorte qu'on était tous assis à plus d'un mètre cinquante du sol, qu'on surplombait curieusement le carrelage, tous plus ou moins chancelants sur nos altitudes.

C'est donc pile au moment de l'entrée que mon premier déjeuner de travail me resta en travers de la gorge, dès la tomate-mozzarella j'ai vu le décor se mettre à tanguer, avant de réaliser que c'était moi qui tanguais, je flottais, je sombrais en dedans… La situation m'apparaissait tellement floue, tellement vague, que j'eus le réflexe de me cramponner à la table, comme si on menaçait de l'enlever.

– Hé ho, ça va pas, tu te sens pas bien, t'en fais pas, on va pas te la piquer ta salade…

– Non, déconnez pas… j'ai un vertige…

– Nom de Dieu, alors celle-là c'est la meilleure, et tu veux faire quoi, tu veux descendre ou quoi…

– En fait, j'aimerais mieux qu'on aille manger dans un restaurant avec des tables basses, un restaurant normal quoi…

– Oui mais mon vieux c'est pas possible, tu vois bien qu'on a déjà commandé, on a même commencé les entrées…

– C'est trop haut les gars, j'y arrive pas.

– Tu serais pas du genre chiant comme type…

Ah les pauvres collègues, je me souviens que dès le premier repas je les rendis perplexes. Le simple fait de manger sur une table de plus d'un mètre cinquante de haut s'avérait une épreuve insurmontable… C'est sûr qu'avec moi ils n'étaient pas près de conquérir la Chine et de survoler le Japon, pénétrer l'Asie pour y répandre nos gâteaux.

… Et c'est là, je me souviens, qu'était revenue la phrase fatidique, énoncée par le plus discret d'entre eux quatre, un type du service juridique : « Dis, tout le monde nous regarde… tu veux pas arrêter de nous faire remarquer ? »

Pour lui c'était bien plus qu'un reproche, une vraie supplique, à croire que mon malaise l'atteignait autant que moi, qu'il sentait poindre sur lui des tas de regards, une sorte d'attention qui commandait de faire quelque chose.

– Mais t'as qu'à descendre.

– J'peux pas…

– Non mais il est pas vrai ce type ! Tu vas tout de même pas rester là, accroché à la table, avec les jambes qui tremblent et les bras en croix ? Ou alors si tu veux, on t'enlève le tabouret, comme ça t'auras plus qu'à te laisser tomber…

– Non, les gars, je vous en supplie, ne faites pas ça !

Franchement je ne me voyais pas suspendu à la table, épinglé par la peur avec les jambes dans le vide et plus la moindre prise en bas. Tout ce que je demandais c'était qu'on me foute la paix, j'aurais été capable de rester comme ça, du moment qu'on ne faisait pas attention à moi, ça ne me gênait pas. Rien n'est plus incommodant que de sentir que tout le monde vous regarde, en attendant de voir ce qui va se passer… Au pire, ils n'avaient qu'à rabattre la nappe sur moi, faire comme si je n'étais pas là.

– Attends, tu comprends bien que c'est pas possible de rester en l'état, en plus il y a des gars de chez Belin qui nous regardent, j'te jure, on a l'air fin.

– Mais arrêtez de me dire qu'il y a des gens qui me regardent. Vous voyez pas que ça me colle encore plus la pression.

Le patron italien de l'endroit s'avança, du coup il avait moins d'accent qu'au moment de prendre la commande. Gravement il vint nous dire que ça ne pouvait pas durer, un peu à la manière du commandant de bord qui menace de débarquer le passager récalcitrant.

– Mais descendez, regardez, vous avez le sol qui est là, juste là, tenez, il y a même des barreaux au tabouret, vous voyez, comme sur les échelles, vous pouvez descendre et vous poser tout doucement…

En plus de me parler avec des tournures infantilisantes, le type avait cru bon de me passer un bras autour de l'épaule, pour me dire que tout allait bien, mais si je préférais, il pouvait appeler les pompiers…

À la perspective des pompiers, j'ai dû faire valser deux assiettes en tentant de m'y raccrocher.

– Tout ce que je veux c'est qu'on me foute la paix, ou alors que tout le monde sorte, je veux être seul…

Il avait dû croire à un ultimatum ; soit il faisait sortir tout le monde, soit je tenais l'assistance en otage en lui assénant le spectacle ahurissant de mon décrochage en bout de table.

Je dus mon salut au représentant de la zone Est, ce gars-là avait plus de bouteille et de sang-froid que les autres, la preuve, il s'occupait des biscuits chocolatés (mais pour l'Est seulement). C'est lui qui a calmé tout le monde en assurant que tout allait bien, il a juste décalé un peu les gars pour qu'ils me laissent plus de place, que j'étende bien mes bras et garde la tête plaquée contre le plateau de la table et, avec un maximum d'autorité, il a décrété qu'on pouvait parfaitement continuer le repas comme ça, eux quatre assis bien droit et moi cramponné à la nappe en attendant que le malaise passe, après tout, même si ça ne se faisait pas, rien n'interdisait de le faire…

– Mais, et les gars de chez Belin ?

– On s'en fout des gars de chez Belin, avec ce qu'on leur avale de parts de marché, ce sera pas la première fois qu'ils nous regardent bouffer.

Je me souviens qu'ils avaient tous ri d'un grand rire en commun et que le repas s'était poursuivi comme ça, eux tous essayant de renouer avec leur tomate-mozzarella, et moi qui gardais la tempe collée contre la table, l'oreille en résonance avec le cours du repas, sursautant chaque fois que l'un d'eux reposait son verre ou heurtait son assiette un peu trop fort, pas franchement à l'aise mais globalement réconcilié avec la situation.

J'avais produit un effet terrible ce jour-là, au bout de vingt-quatre heures seulement tout le monde du biscuit avait entendu parler de moi. Dans le même temps j'avais conquis ma renommée et anéanti tout espoir de carrière, mais j'avais fait rudement parler de moi.

Avoir un destin
c'est vivre du désir des autres

Les plus âpres vicissitudes métaphysiques, toutes ces foudroyantes questions sur le devenir de l'humain, les pires périls égocentriques et les angoisses de l'en-soi, tout cela n'est rien au regard de cet affront que vous fait un distributeur de billets dès lors qu'il vous avale la carte en vous déniant le billet. Quel camouflet de me retrouver face à ce meuble idiot qui dans un premier temps me régurgita la carte, avant de l'engloutir sans un hoquet, affichant que mon découvert était largement dépassé.

Même le vigile qui était là, embarrassé par l'incident, tapota dérisoirement sur le clavier pour avérer sa solidarité, une façon de dire qu'il compatissait.

C'est bien la peine d'être célèbre à ce point, de naviguer aussi haut dans la sphère des notoires, si c'est pour se faire dauber par un vulgaire placard à billets, devant tout le monde qui plus est. Ainsi j'affichais devant mon public ce manque de liquidité coupable qui me restreint depuis toujours, face à eux je me retrouvais encore plus nu qu'un ver, bafoué comme un noyé, un échoué sans falaise. La honte, c'était le mot qui me venait à la bouche même s'il refusait obstinément d'en sortir. Ah, mes détracteurs auraient eu beau jeu de se foutre de ma gueule en me voyant aussi lamentablement démuni, le moindre calomniateur aurait pu prendre la photo, seulement voilà, il faut croire que je n'ai pas d'ennemi, que je ne suscite ni rancune ni adversité, pas la plus petite aversion, car les seuls témoins qui assistèrent à l'affront étaient plutôt du genre à me plaindre, pétrifiés dans une désolation figurative, sincèrement désolés. Je l'assure, il aurait suffi que je leur tende la main pour qu'ils me la comblent de quelques menues monnaies, tous étaient prêt à me dépanner pour peu de nouer le lien, tous étaient prêts à m'aider à condition de me côtoyer sur quelques mètres, d'être amis sur cent pas, le temps au moins de leur dire merci.

Quand ce genre d'avatars survient, puisqu'ils me sont familiers, je combine mentalement les hypothèses, d'avance je prévois qu'il me faudra dégoter un CDI de deux trois jours dans un parc de loisir ou un quelconque salon, déguisé en Savoyard, en poireau et pourquoi pas en pingouin, ou bien attendre les liquidités d'une indemnité quelconque, éventuellement demander une avance aux commerçants.

L'épisode du déni de billet est un des plus cruels dont le monde moderne nous tracasse, en l'occurrence il avait pour moi la valeur d'un enseignement, me montrant bien que dans le fond la célébrité n'est rien tant qu'elle n'est pas validée par le prodige des espèces. La gloire ne vaut vraiment que par les appointements qui s'y rattachent, et dans ce monde aux contours balisés par les modes, un homme célèbre ne vaut que s'il en a les moyens. Triste découverte, je vous l'avoue. Une amertume doublée d'un écœurement. Tout de même, le pire aurait été pour moi d'abdiquer totalement, de ne même pas tenter le sursaut d'orgueil, ne serait-ce qu'à l'égard de mon public je me devais de faire un geste, pénétrer ouvertement dans la banque, réclamer qu'on me restitue ma carte, après tout elle est à moi.

– Ah mon dieu, monsieur Frangin, quelle surprise de vous voir là, mais vous ne répondez jamais à mes coups de fil…

C'est vrai que j'ai ce principe chez moi, de ne jamais répondre au téléphone, une façon radicale de filtrer les appels, d'autant que les seuls susceptibles de m'appeler sont rarement porteurs de bonnes nouvelles.

– Je vous prie de m'excuser, madame Chambon, mais…

– Appelez-moi Rosy.

– … Croyez bien, Rosy, que je ferai tout pour me rendre solvable dès les prochains jours, mais on vient juste de m'avaler la carte…

– Tutt tutt, n'allez pas vous tracasser pour si peu, vous devez avoir bien d'autres choses à penser en ce moment. Alors, il paraît qu'on va vous voir à la télé… ? Quelle chance vous avez. Allez, pas de manière, suivez-moi dans mon bureau.

C'était bien la première fois que Rosy m'entraînait aussi favorablement vers son bureau de directrice d'agence, en général c'était en tant que Mme Chambon qu'elle me sermonnait, sans même me proposer de m'asseoir. La seule fois où elle m'avait suggéré le fauteuil, c'était le jour où j'étais venu ouvrir mon compte, il y a dix ans de cela, époque où elle me croyait encore capable de souscrire un plan épargne logement… Mais elle aura très vite compris que je n'étais pas un vrai consommateur, encore moins un homme de placements, pas même d'emprunt à 4,7 pour cent, et si j'avais finalement accepté d'ouvrir un petit plan d'épargne à dix euros par mois, c'était uniquement pour lui faire plaisir, parce que j'avais honte de le lui refuser…

Rosy me servit un café, elle s'assit à son bureau devant moi, d'où j'étais je voyais ses jambes mais ne les regardais pas, tout de même, cette banquière était un peu comme une mère pour moi, à mon âge elle restait bien la seule à pouvoir me gronder.

– Je suis désolé, je pensais bien que ce genre d'incident ne m'arriverait plus, seulement voilà, dans un premier temps j'ai vu ma carte qui hésitait à ressortir, puis je ne l'ai plus vue…

– Mon dieu quelle horreur, quel traumatisme ça a dû être, je vous prie de bien vouloir nous excuser… En tout cas je vous jure que ça ne se reproduira plus…

– Pensez-vous, tout ça c'est de ma faute, j'espère au contraire que vous ne m'en voulez pas…

– Tutt tutt, vous voulez rire, je vous assure que c'est moi qui suis confuse… tout ce qu'il y a de consternée…

Je n'avais jamais vu ça, en fin de compte c'était presque à moi de la réconforter. Si on m'avait dit qu'un jour je devrais remonter le moral de ma banquière à cause de mon débit…

– Allons, madame Rosy, ce n'est pas si grave…

– Oh si c'est grave, vous faire ça à vous, c'est déjà bien beau que vous restiez dans une petite agence comme la nôtre… Il ne manquerait plus que vous passiez à la concurrence, ou que vous alliez voir le siège directement. Non non, je comprendrais très bien que vous le preniez mal…

– Tranquillisez-vous, madame Rosy, après tout ce n'est qu'une carte, un vulgaire bout de plastique ; mais vous savez ce que c'est, cette carte c'était la mienne, on s'y attache à ces petites choses-là, on s'y raccroche plus ou moins…

– Oh je pense bien, monsieur Frangin, c'est vrai qu'on s'y attache, à force ça fait même partie de nos petites affaires, un peu comme un rouge à lèvres ou ses clefs…

On s'apitoyait l'un l'autre comme pour la perte d'un parent, pour moi c'était un beau moment.

– Et puis c'était un joli bleu, un turquoise, presque profond.

– Comment ? Mais vous n'aviez qu'une simple carte de retrait, notre malheureuse Carte bleue toute bleue ?

– Ben oui.

– Mais vous n'alliez tout de même pas rester avec ça, vous avez vu comme ça fait vulgaire, on dirait un morceau de plastique.

– C'est vrai que ça faisait un peu jeton d'autotamponneuse, mais n'empêche que ça marchait…

– Dites-moi monsieur Frangin, ça vous dirait une belle carte dorée, un pur copeau de lingot, avec des reflets d'étiquette de champagne, tenez, regardez, comme celle-là, elle est belle n'est-ce pas ?

– Vraiment ? Mais vous êtes sûre que ça ne va pas me poser des problèmes…

– Pourquoi donc ?

– Mais pour payer… Vous savez, je me demande si vous n'êtes pas en train de faire la même erreur que tout le monde… j'ai l'impression que ces derniers temps les gens font preuve d'un peu trop de zèle à mon égard, qu'ils m'accordent une attention que je ne suis pas sûr de mériter, vraiment je ne voudrais pas que vous vous laissiez impressionner par ma soi-disant aura…

– Allons, ne soyez pas modeste…

– Modeste non, mais inquiet…

– Franchement, il n'y a pas de quoi… Quand on est célèbre comme vous, le téléphone ne doit pas arrêter de sonner…

– Je ne décroche jamais.

– Qu'importe, d'une façon ou d'une autre on doit bien vous dérouler le tapis rouge, les propositions doivent affluer…

– Peut-être mais je ne réponds pas.

– La célébrité, tout le monde se l'arrache.

– Peut-être, mais pour l'instant ça ne me rapporte pas grand-chose.

– De toute façon, mon cher monsieur Frangin, sachez-le, il ne faut pas attendre d'avoir de l'argent pour le dépenser. Après tout les banques sont là pour ça.

Comme c'est réconfortant d'inspirer de la considération à une femme d'argent, ressentir de l'estime de la part de son banquier c'est encore plus puissant que de l'amour, ça vous dégage l'horizon d'une façon pas pensable, ça exhale mieux que l'eucalyptus, oui, vraiment, de voir son banquier vous proposer une carte en plastique plaquée or et vous suggérer d'en faire ce que vous voulez, c'est comme ouvrir les portes d'un monde dont on n'avait encore jamais foulé le gazon, c'est la grâce pure de naviguer dans des moments de promesses, de pouvoir enfin se payer ce dont on n'a même pas rêvé… Oh vraiment, cette femme-là aurait été un homme, qu'il m'aurait déjà offert un cigare et un pousse-café, au lieu de quoi la dame continua de me dresser des faveurs et des compliments, n'osant pas me poser trop de questions quant à la nature de mes projets ou de mes prochaines prestations, par peur de l'indiscrétion…

– Excusez-moi, monsieur Frangin, je vous abandonne deux minutes, la paperasse vous savez, je dois faire toutes vos petites photocopies…

– Laissez, je les ferai moi-même au Monoprix.

– Voyons, vous n'y pensez pas monsieur Frangin… non, non je m'occupe de tout, ne bougez pas, j'en ai pour cinq minutes…

C'était bien la première fois que je ressentais une telle décontraction à l'intérieur d'une banque, j'étais pleinement assis dans le fauteuil au tissu tendu sans du tout me sentir coupable, sans même avoir le sentiment de gêner. Jusque-là, chaque fois que je m'étais retrouvé dans le bureau d'un organisme quelconque, il y avait toujours toutes sortes de préoccupations à s'agiter en moi, un sentiment proche de l'inculpation, j'étais du genre tendu. Alors que là, au contraire, mon dos épousait parfaitement la cambrure du dossier, mes fesses se moulaient somptueusement dans le coton mousseux, j'allais même jusqu'à allonger mes jambes loin vers l'avant, comme on le ferait dans le compartiment vide d'un train…

En somme c'était une vraie première pour moi. Je rêvassais comme jamais, aussi à l'aise que dans mon lit…

Jamais depuis mon admission dans une école chrétienne je n'avais aussi copieusement savouré les prérogatives de l'argent. À l'époque mes parents étaient déjà pauvres, mais il avait suffi à ces malheureux de se saigner un peu, de concevoir qu'il faudrait payer, pour que je devienne comme par miracle admissible dans une institution lassalienne et hautement privée. Par l'onction d'un versement trimestriel, je touchais enfin l'ultime, la grâce de rentrer dans le fameux collège à prières, une boîte à bac miraculeuse dont les principes d'efficacité paraissaient mystiques, pour ne pas dire prodigieux. De ma part, ce furieux désir d'école chrétienne ne procédait pas de la ferveur, sûrement pas, seulement le pur vrai mérite de cet établissement-là, en plus de receler des chapelles pour l'âme et un gymnase pour le corps, c'était d'être à moins de cent mètres de chez moi, ce qui par le miracle de la prédestination faisait de moi un élève qui pourrait se lever à huit heures au lieu de sept heures et demie le matin. Tel aura bien été pour moi le premier miracle avéré de la religion, celui de me faire dormir une demi-heure de plus que tout le monde, sans même qu'il me soit besoin de me coucher plus tôt, une permissivité préalable qui compensait cette discipline de fer qui régnait au sein de l'établissement. C'était bien là pour moi le plus grand défaut de l'école, cette astreinte de devoir y aller tous les jours. Qu'importe, je n'étais catholique que par commodité, élève uniquement par devoir, mais grâce au sacrifice trimestriel de mes parents j'entrais de plain-pied dans l'élite, au point que mon père dut prendre un deuxième travail au noir en surplus du premier, tout ça pour que je n'aie pas trop à marcher le matin et que j'enchaîne les offices, les confirmations et les communions de toutes sortes. Par cette sueur qu'il suait dans le charbon noir des chaudières des collectivités il faisait de moi un modèle de quasi bourgeois.

L'ultime épreuve avant l'inscription définitive aura été le rendez-vous très particulier avec le frère supérieur. Cette huile mince et émaciée nous avait reçus, ma mère et moi, dans un bureau dont le plafond n'en finissait pas. Par toutes sortes de questions fouillées il m'avait précisément ausculté, peut-être même que sans que je m'en rende compte il m'avait sondé jusqu'à l'âme, après tout je ne sais pas, toujours est-il qu'en plus des questions orales il avait tenu à ce que j'enlève ma chemise pour m'inspecter le dos, pour juger soi-disant la façon qu'avaient mes côtes de m'envelopper les poumons. Sans un mot il était repassé derrière son bureau, comme s'il soupesait sa décision, face à lui je m'étais rhabillé en simulant tout ce que je pouvais d'angélisme, je prenais des airs de bonté sur un modèle servile, au point que, sous forme de plaisanterie, il avait dit, je m'en rappelle, qu'on m'aurait volontiers donné le bon Dieu sans confession.

– Arrête de te faire remarquer…, m'avait glissé ma mère dans un discret coup de coude.

Le coup de coude était un mode de télépathie entre ma mère et moi, le coude, les gros yeux ou le soupir, tout une signalétique d'incompréhension désespérée, mais le message en gros était toujours le même : arrête de nous faire remarquer… Face à moi elle n'aura jamais été qu'un spectateur désolé, un spectateur impuissant, avec mon père ça faisait deux, deux spectateurs, mes deux premiers.

Ce jour-là, cette vassalité feinte valida mon inscription. Le frère majeur se figurait m'ouvrir par là toutes sortes de voies, en plus d'un chemin vers Dieu il ne doutait pas de me déboucher un avenir sur le postulat du bac. De ces années de scolarité me sera venue une forme de singularité, une constante intime, cette application à faire toujours dans le faux-semblant, à simuler d'une façon permanente, afficher des faux airs de croyant et de communiant sincère, je simulais jusqu'à me signer dix fois par jour et m'emballer dans les ferveurs, à réciter des kilos de prières sans âme mais uniquement par cœur, j'allais jusqu'à apprendre tous les hosannas pour figurer dans la chorale… C'est comme ça qu'un jour, au beau milieu d'un de ces offices où j'évoluais dans le soprano, j'avais ressenti un malaise de voir à quel point ces autres autour de moi avaient tous l'air d'y croire, ils en étaient soulevés de sourires béats, alors que moi pour seule sensation j'avais trop chaud, à cause de l'aube, et ne supportais pas de rester debout… Je butais sur le sacré comme sur un trop gros loukoum, le fariné ne passait pas. Autour de moi tous se lançaient dans le kyrie, ils décollaient dans le requiem à en fermer les yeux, à croire qu'ils touchaient une forme d'esprit qui m'échappait totalement. En pieux judas je faisais semblant de chanter, au fil des paroles j'évaluais les repères pour voir si on approchait de la fin, jusqu'au jour où me vint ce sentiment coupable, cette soudaine conviction que ma mauvaise foi était trop évidente, trop grossièrement simulée, et que si les simples mortels autour de moi ne voyaient rien, il en est un, là-haut, qui depuis le début avait tout suivi, la seule instance qu'on ne puisse abuser, à coup sûr si le bon Dieu existait, pas de doute qu'il m'avait rudement repéré... À compter de ce jour ma scolarité fut hantée par ce trouble, cette sensation d'être constamment fréquenté, une équation quasi mystique qui faisait que plus je simulais ma croyance, plus je feignais la conviction, et plus leur dieu s'appliquait à m'épier, à me filer comme un pion. Moins j'étais croyant, et plus le Très Haut accentuait sa surveillance, en parfait contrôleur il évaluait mes errances et mes simulations en vue du devis final. C'est de mon obstination à ne pas y croire que me sera venue l'idée de Dieu, une forme de prolongement de parentèle, en plus scrupuleux, en moins mystifiable. Dès lors, où que j'aille il était là à m'observer, il me jaugeait comme une proie profitable, un futur élu de choix. À cause de cette omniprésence, j'ai toujours eu du mal à être naturel, en somme l'école chrétienne m'aura certes fait gagner des provisions d'heures de sommeil, mais en contrepartie elle m'aura assigné une présence qui pendant des années ne m'aura pas quitté. Si ça se trouve, c'est de cette fréquentation-là que me vient cet air suprême, si ça se trouve c'est de cette relation privilégiée avec Dieu que vient ma forme radicale d'élection. Si ça se trouve sans m'en rendre compte je serais rien moins qu'un élu, un messie mal informé de l'heure d'arrivée, absolument pas renseigné sur la nature exacte de mes révélations…

– Hou hou, vous ne dormez pas j'espère…

Dans les grands bras de ma banquière, ou de son fauteuil seulement, sans m'en rendre compte j'avais piqué du nez… C'est tout le problème des lieux chauffés dès lors que l'on y est à l'aise, qu'on commence à s'y sentir chez soi, fatalement on se laisse aller.

– Je vous demande pardon, madame Chambon…

– Tutt tutt, ça me fait plaisir de voir que vous vous sentez bien chez nous… Veuillez juste me signer ce formulaire de demande à taux actuariel réactualisé, mais ne craignez rien, c'est juste une formalité…

– Vous croyez en Dieu, madame Rosy ?

– Pas encore… Pour en revenir à notre affaire, je suis désolée mais il vous faudra attendre une bonne semaine avant que votre compte ne soit régularisé… Les délais vous savez ce que c'est…

– Ça prend toujours un peu de temps.

– Exactement. Pareil pour votre carte Gold, une bonne semaine, le temps de l'imprimer. C'est tout de même un plastique spécial vous savez…

Ainsi ce n'était que du plastique, une déception en somme, un jour aux caisses de l'hypermarché j'avais vu un client s'en servir de la Gold, un Américain, pas français en tout cas, et à la voir reluire, bien calée dans sa petite fente de cuir, sur le coup j'avais bien cru à un alliage précieux, un titane combiné à la pépite…

– Mais pendant cette bonne semaine, je vis de quoi…

– Qu'importe, vous pourrez retirer tout de même, ce sera une forme d'avance, dont on corrigera rétroactivement les agios…

– Et cet argent, je devrai le rembourser ?

– Allons allons, à votre niveau vous savez bien qu'on n'emprunte pas l'argent pour le rembourser, mais pour le dépenser. Au vu de votre situation je ne suis pas inquiète, je n'ai aucun doute sur vos capacités, j'en suis sûre, vous n'allez pas vous arrêter là…

La pauvre, elle naviguait en pleine illusion, mais à quoi bon la dissuader, après tout ça la flattait tellement que je sois célèbre, ça lui donnait de l'importance de me fréquenter.

Et pour le reste, à quoi bon alerter les autres sur ses propres carences, sur ses failles ou ses manquements ? Il sera toujours temps pour eux de s'en rendre compte.

Dans la vie, s'il y a bien quelqu'un à décevoir, autant que ce soit n'importe qui d'autre que soi.

Cette fois ça y est, je parle à Dieu à la première personne du singulier.

Il y a des moments, quand je me retrouve seul avec moi-même, où je me dis, mince, quelle chance j'ai tout de même de me retrouver seul avec moi-même, quelle chance j'ai de me fréquenter, de côtoyer un être illustre d'une façon permanente, de pouvoir m'entretenir avec moi, de me parler à ma guise, de m'écouter ou de me taire, comme bon me semble, baigner dans la fierté inépuisable de ma propre présence, être valorisé rien qu'en étant moi. Des tas de gens aimeraient être à ma place, rien que pour pouvoir m'approcher. Pour moi c'est un privilège que d'être en permanence à mes côtés, ne serait-ce que quand je danse tout seul, je mesure bien ma veine, de pouvoir embrayer sur mes pas, de jouir de ma présence, coller à mon rythme…

Il faut dire aussi que je ne doute de rien, je suis sûr de moi, je suis même tellement sûr de moi que si mon téléphone ne sonne pas, quand pendant plusieurs jours il ne sonne pas, je me dis tiens, mais quelle est donc la personne à l'autre bout du fil qui hésite. Qu'est-ce qu'ils ont donc tous à hésiter, à craindre de m'appeler ?

En fin de compte, quand, pour une fois, il sonna c'était Jennifer. D'entrée elle se présenta comme ma nouvelle attachée de presse, comme s'il y en avait eu une avant. Elle m'appelait au sujet de cette prestigieuse émission dans laquelle je devais passer. En fait elle s'inquiétait de savoir si je m'inquiétais, tout en me précisant qu'il n'y avait pas de quoi, ce qui fatalement m'inquiéta.

– C'est un cap important vous savez, votre première vraie télé, une grande émission… Il ne faudrait pas que vous ayez le trac.

– Mais c'est si impressionnant que ça ?

– Non, non justement, j'appelle juste pour m'assurer que vous êtes détendu, que vous n'avez pas peur. Il ne faudrait pas que vous stressiez vous comprenez, il n'y a pas de quoi paniquer, c'est juste un peu stressant vous verrez, mais en fin de compte la contrainte est la même que chez le dentiste, une fois qu'on est assis le siège il n'est plus question d'en bouger…

Quelle périlleuse image, quelle malencontreuse métaphore, moi qui ai justement une sainte horreur du dentiste, moi qui ai toujours eu une peur bleue qu'on me fouille les dents avec des instruments.

– Mais non, ne vous tracassez pas, je disais le dentiste comme j'aurais très bien pu dire, je ne sais pas moi, le chirurgien… l'anesthésie en moins.

Le vol du blouson
ou la tentation mystique

De jour en jour je m'émerveillais des avantages qu'il y avait à être à ce point célèbre, cela m'ouvrait une préséance, une irradiation qui m'allaient comme un gant, et comblaient prodigieusement ce manque de personnalité qui me lésait depuis toujours. En faisant de moi quelqu'un de célèbre le sort m'attribuait mieux qu'un don, une sorte de réparation, un dédommagement pour toutes ces années passées à n'être que moi. Voilà qui me conférait une vraie valeur, sans que je sache trop laquelle, un peu à la manière de ces tableaux dont on ne saurait dire le prix, mais dont on sent bien qu'on ne pourra jamais se les payer.

Pour être honnête, la question de ma sécurité personnelle me préoccupait bien avant d'être célèbre, mais l'hypothèse de l'agression est d'autant plus cruciale que les autres vous tiennent pour une personnalité, d'ailleurs je n'ignore pas les risques qu'il y a pour moi de continuer à sortir dans la rue comme le ferait quelqu'un de normal. Pour être précis, avant même d'être connu j'ai déjà subi plusieurs agressions, dans la rue ou dans les parkings, dans les stades ou le métro, à croire que ces divers assaillants me tenaient par anticipation pour quelqu'un d'important, alors que moi-même à l'époque n'en avais pas le moindre pressentiment.

Qu'importe, c'est une question de principe, j'ai beau être une personne en vue, je n'en continue pas moins à marcher dans la rue et à prendre les transports en commun, de préférence aux moments où j'en ai effectivement besoin.

Ainsi ce soir-là en revenant du cinéma, après avoir vu un film où visiblement je ne jouais pas, j'avais dû prendre un des derniers métros, bien après minuit. Au moment de m'asseoir sur le quai à la station République, d'instinct je pressentis l'agression, aussi fortement que si je la provoquais. Il n'y avait personne sur le quai, sinon moi, et eux là-bas.

C'était un groupe de types pas très engageants qui venaient juste d'apparaître à l'autre bout, des nonchalants qui marchaient plutôt lentement, mais dans une direction obstinée : moi. Pas besoin de me faire un dessin, ces gugusses-là, je le sentais bien, quitte à tenter l'anachronisme voulaient me rejouer *Orange mécanique.* Plutôt que de simplement engager la conversation sur un sujet de délestage, le retard des rames ou la chaleur de l'air, voire la fille nue sur l'affiche, les zozos avaient envie qu'on parle de mon blouson. Une vraie fixation. Faut dire que c'était un Schott, un pur perfecto qui aurait largement mérité que je fasse de la moto. Seulement voilà, avec moi le perfecto ne faisait que prendre le bus et le métro, le taxi assez peu finalement, même si, pour être honnête, le mode de transport qu'on pratiquait le plus mon blouson et moi c'était encore la marche à pied.

– Eh dis donc, macaque, et combien tu l'as payé… Et dis-moi, est-ce qu'il ne serait pas un peu trop grand pour toi ? Mais dis-moi c'est un vrai, tu me le fais essayer…

C'est fou ce que la question de la marque les préoccupait, à croire que ces types-là avaient une prédilection pour les articles signés, signe qu'ils avaient du goût.

Le plus perturbant, c'est que je n'arrivais pas à saisir s'ils m'avaient reconnu ou pas, s'ils réalisaient que c'était effectivement moi, ou alors s'ils ne voyaient face à eux rien qu'un banal pauvre type avec un beau blouson… En même temps je me sentais incapable de leur poser frontalement la question.

– Bon alors tonton, tu l'enlèves ?

Il va sans dire qu'en forme de contenance, je feignais de ne pas comprendre. Face à leur insistance j'essayais autant que possible de répondre aimablement, de leur faire entendre à quel point ce blouson était le mien, que j'y tenais, sans compter le prestige que lui conférait le simple fait de m'appartenir, cette valeur ajoutée qu'il prenait à être porté par moi.

Je n'en doutais pas, ces furieux étaient de ces êtres incontrôlables, de ces sacrilèges capables d'être cruels et même violents ; mais iconoclastes certainement pas… Autant ils seraient prêts à s'acharner sur un inconnu, autant ils auraient des scrupules à dépouiller quelqu'un de ma teneur, d'autant que je ne cessais de les dépasser par mes raisonnements, déterminé que j'étais à leur envoyer ce message : je n'étais pas n'importe qui…

– Bon, messieurs, on ne va tourner autour du pot pendant une heure alors je vous le demande carrément, vous m'avez reconnu ou pas ?

Ils se concertèrent vivement par des mimiques abstraites, ils échangèrent des propos en me regardant en coin, l'ensemble sur un mode plutôt interrogatif, signe qu'ils doutaient, même si au premier abord je ne leur disais rien, ils ne voulaient pas prendre le risque de passer à côté d'une occasion de briller.

– Pourquoi, t'es connu ?

– Franchement, les gars, vous êtes complètement largués ou quoi… Vous avez la télé ou pas ?

– …

– Eh bien regardez la semaine prochaine, vous m'y verrez à 22 h 30, et le blouson avec.

– Trop fort.

– Et oui, c'est pas n'importe quel blouson que vous avez là, d'ailleurs il n'y a qu'à voir, touchez, il est comme neuf, et pourtant il y a dix ans que je l'ai, dix ans qu'il est à moi…

– Trop fort.

Plutôt que de laisser filer notre altercation à leur avantage, je leur fis rien moins que le panégyrique de mon perfecto, j'en vantais les mérites et en louais les attraits, un argumentaire tout en démonstrations qui les rendait perplexes, au point de se demander si je n'étais pas en train de le leur vendre, craignant même de savoir à quel moment je débuterais les enchères, et surtout sur quelles bases je les initierais… Deux mille, dis-je au premier, une sorte de lieutenant dans le schéma abstrait de leur bande, qui se demanda un temps si je parlais effectivement en euros… Pour toute réponse je haussai les épaules en le traitant de désuet, d'ailleurs son manque de réactivité le disqualifiait. Pendant ce temps-là les autres commencèrent de sonder leurs poches, sur certains je lisais une profonde déception, une amertume enfantine à considérer les vagues billets de cinq qu'ils en sortaient. Je crois que l'exercice de la vente ne va pas sans une certaine cruauté, à aucun moment de l'affaire on ne doit se laisser attendrir, ni trahir le moindre soupçon de compassion au regard d'un public possiblement récalcitrant. Ma célébrité intrinsèque me conférait une légitimité, j'en retirais une assurance, un aplomb dont je ne me lassais pas.

– C'est trop cher, deux mille euros, ça se peut pas.

– Ah non, vous n'allez pas commencer à vous plaindre… Dites-vous bien une chose mes petits gars, comme vous j'ai commencé en bas, peut-être même encore plus bas que vous, et vous voyez où j'en suis arrivé aujourd'hui… Alors s'il vous plaît, on ne se plaint pas, on renifle et on se tient droit.

Pour tout dire, je n'étais pas très sûr que cette bande d'énergumènes-là m'avait effectivement reconnu, ou alors une féroce fierté les empêchait de le montrer. Certes ils devaient être renseignés sur ce que la société compte de visages notoires et de personnalités, mais il y avait en eux une telle désillusion, une telle incrédulité, qu'ils n'arrivaient même pas à concevoir qu'un jour la vie leur fasse un tel cadeau, tomber sur quelqu'un comme moi. C'est là tout le drame de la résignation, de ne même plus réaliser la chance dès lors qu'elle se présente. Quand on en est là, on comprend qu'il n'y ait plus rien d'autre à faire que de tenir le mur, de zoner sur tout ce que la ville compte de trottoirs et de quais.

– … C'est trop cher ton truc, garde-la ta brocante.

– Qui m'a tutoyé… Qui m'a tutoyé ? C'est toi ? Bon alors tu sors…

– J'sors d'où ?

– De la station, du métro, de ma vue en général, allez zou, dehors…

C'est fou ce que la gloire confère d'autorité. Jamais auparavant je ne m'étais senti aussi fort, aussi capable de river son clou à à peu près n'importe qui.

Le fautif se dirigea vers la sortie, c'est tout juste si les autres lui lancèrent un regard, signe qu'en plus de le plaindre ils le désapprouvaient…

Dommage qu'il n'y ait rien en moi du justicier, sinon j'aurais volontiers passé mon temps à écumer le monde, à faire émerger la rédemption des fautifs et des retors, à partager les torts et réprimer les coupables. Après tout, ce devrait être à quelqu'un de connu de remplir cette mission-là, un ministre ou un curé qu'importe, pourvu qu'il soit assez populaire pour avoir l'autorité, instruire le monde en lui consignant ce qu'il est valable de faire ou pas.

Avant de repartir, ils me tendirent des poignées de mains étranges, des modalités inédites dont tout m'échappait sinon qu'il s'agissait de bienveillance et de respect. Il y avait du religieux dans leur sabir, du mystique fragmenté, par bribes ils se signèrent en me parlant de Dieu, de Vishnou ou d'Allah, postulant comme acquis que le messie reviendrait, qu'il était peut-être déjà là, qu'un sauveur ce serait bien le dernier recours pour changer le monde vraiment, et c'est là, par la grâce d'un doute, que j'eus soudain ce furieux frisson, un frémissement de ferveur qui m'envoûta en commençant par le dos... Bon Dieu c'est pas possible, et si par hasard, oui, si par hasard c'était moi... Quelle tuile ce serait d'en venir à réaliser ça, de me découvrir comme étant celui que le monde attend. Comment conviendrait-il d'agir pour qu'à coup sûr on me reconnaisse ? Après tout, par quelle procédure se réalise-t-on fils de Dieu, est-ce qu'il y a quelqu'un pour vous le dire, est-ce à soi-même de s'en convaincre, de se souffler la conviction ? Si ça se trouve depuis le début tout concourt à me faire comprendre ça, y compris cette vie médiocre que j'aurai vécue jusque-là, ce manque d'ardeur à refaire le monde, et pas encore d'enfant, cette conscience obnubilée par mon cas, depuis le début tous ces attributs sont peut-être l'indice de mon élection, et moi par scepticisme je ne le réalisais même pas...

Je rentrai chez moi en marchant par des zones mal éclairées, seul dans le noir je me sentais le jouet d'une conspiration transcendantale, un projet ourdi de longue date, un messie mal informé. Une fois à la maison je mis les images de la télévision, pas le son, puis je dissipai mes doutes dans un puissant *irish-coffee*, whisky copieux et robusta, je pris par là-dessus trois aspirines de cinq cents milligrammes, parce que l'aspirine est bien la seule à décupler le sang, elle propulse de la conscience dans toutes les anfractuosités de mon être, elle le décante de ses déchets et fluidifie l'humeur, ce qui à coup sûr me régénère d'idées neuves pour la nuit et me fait me détendre sur toute la longueur de mon lit, en misant sur le lendemain pour y voir plus clair.

Toute la nuit je m'étais rêvé en messie, baptisant les foules et dispensant les sermons, improvisant des réponses à toutes sortes de questions, assailli par les gens. Même en rêve c'était épuisant.

Au bout de deux semaines je commençais de ressentir les prémices de ce que d'aucuns appellent le coup de blues, un certain manque d'entrain, cette lassitude qu'il y a à se sentir exceptionnel. C'est vrai après tout, tant qu'on se considère comme un type normal on n'attend pas grand-chose de soi, on s'en tient au faisable, un mélange de week-ends et de résignation, mais dès lors qu'on met la barre un peu plus haut, dès lors qu'on est persuadé de participer de l'élite, alors là vraiment ça devient exténuant, sans parler du devoir de représentation permanente. Qu'on songe bien qu'à l'avenir, quiconque se résoudrait à apparaître comme une forme très réactualisée de messie se devrait, au-delà d'une disponibilité permanente à l'égard des médias, d'avoir toujours réponse à tout, de dire bonjour sans cesse, et de s'astreindre à la bonne humeur à plein temps.

Pour bien prendre la mesure de l'inconvénient, il me suffisait d'aller prendre un café croissant dans un bar voisin. Pour tout un chacun la première épreuve, une fois sorti de chez soi, consiste à traverser la rue, en ville il en va toujours ainsi. Le danger quand est célèbre ce serait de se croire au-dessus des règles, alors qu'il faut sans cesse se réévaluer au regard de la situation. En dépit de mon statut, avant de m'engager sur le passage clouté il fallait donc que je veille à attendre le petit piéton vert, que j'aie la présence d'esprit de cette humilité-là, et qu'en prime je réponde aux sollicitations diverses, parce qu'il y avait toujours un automobiliste ou un scooter pour m'aborder, même au feu vert ils s'arrêtaient :

– … j'adore ce que vous faites…

– Mais j'ai rien fait…

– C'est ça qu'est fort… Bravo en tout cas, et continuez comme ça…

Qu'importe les importuns, même dans ces conditions de célébrité très avancée je ne traversais jamais avant le feu rouge complet et prolongeais l'épreuve, toujours sur mes gardes, prêt à embrayer à la moindre réflexion, à rebondir sur le moindre propos. Ainsi ce jour-là, à peine m'installai-je tranquillement en terrasse que déjà j'attirai l'attention du type juste derrière moi. Malgré les cinq *irish-coffee* de la veille, je me devais de composer l'attitude du gars bien disposé, à l'égard de mon public je le devais.

– Ah, mais c'est Frangin ?

– Eh oui, c'est moi.

– Ça alors c'est pas croyable… si j'avais cru qu'un jour je tomberais sur vous à la terrasse d'un café, surtout de si bonne heure, ça alors j'en reviens pas… J'aurais parié que vous vous leviez tard. Et alors vous prenez quoi au petit déjeuner, hein, je serais curieux de savoir ce que vous prenez, pour voir… dites, ça vous ennuie pas j'espère…

– Je vous en prie, faites comme chez vous…

– Ah ah, vraiment vous êtes drôle, vous êtes aussi drôle en vrai qu'en…

– Qu'en… ?

– Eh bien, que pas en vrai quoi… Enfin ça se voit tout de suite que vous ne trichez pas, vous êtes fidèle à vous-même, tel qu'on vous connaît… Et à part ça vous fumez ou pas, moi je suis sûr qu'un gars comme vous ne fume pas, je le parierais !

– Excusez-moi mais vous me permettrez de vous faire une petite remarque.

– Tout ce que vous voulez.

– Je comprends que vous essayiez de créer le lien avec moi, je veux bien aussi que vous observiez la façon que j'ai de tremper mon croissant dans mon grand crème, mais voyez-vous aujourd'hui, comment vous dire ça, je voudrais juste souffler un peu, vous m'excuserez mais je n'ai pas envie de vous parler, c'est épuisant cette conversation ininterrompue avec tout le monde, je n'en peux plus d'être l'interlocuteur de la terre entière…

Et là le bonhomme le prit mal, d'un coup il perdit toute bienveillance et me foudroya d'une œillade de vieux cheval, comme s'il lisait un sous-titre au niveau de mes épaules : « Espèce de pauvre type, tu vois pas qu'on n'est pas du même monde… » D'un coup il se sentit atteint, il réalisait qu'il y avait effectivement un fossé entre lui et moi, une frontière de mauvaise volonté au-delà de laquelle je le tenais à l'écart.

– Vous savez Frangin, ce n'est pas bien ce que vous faites, c'est pas parce qu'on est connu qu'il faut mépriser les gens, dites-vous bien que sans votre public vous n'êtes rien mon vieux, sans les gens comme moi vous n'êtes plus rien.

– Ne le prenez pas mal, mais m'aborder n'a pas plus de valeur que de parler à n'importe qui, dans le fond je ne suis rien qu'un gars normal, un lambda, un pauvre type comme vous et moi.

– Pardon ? Vous venez de me traiter de pauvre type, alors celle-là c'est la meilleure, vous vous croyez vraiment tous les droits…

Là-dessus le bonhomme se leva en balançant sa chaise et décampa sans même régler ses consommations. Sans doute comptait-il sur moi pour lui offrir ce petit déjeuner qui lui avait mine de rien permis de me rencontrer.

Franchement ça tombait mal, pour un fin de droits comme moi, ça m'en faisait deux à payer.

Heureusement, et c'est là le charme renouvelé de la notoriété, au moment de héler le garçon pour qu'il m'encaisse, le patron en personne proposa de me l'offrir.

– Il y a les consommations de mon voisin aussi, il vient de partir…

– Oh celui-là, il nous a déjà fait le coup la semaine dernière avec Juppé, Patrick ou Alain, Patrick Juppé je crois, le chanteur en tout cas.

– Ah bon.

– À chaque fois il fait son cinéma, et ça marche croyez-moi, dès qu'il voit une vedette à la terrasse, il l'aborde et fait exprès de se fâcher avec, après quoi y se barre sans payer. Ah mon pauvre, je me mets à votre place, ça doit pas être marrant tous les jours, j'imagine que de temps en temps vous devez juste avoir envie qu'on vous foute la paix, pas vrai ?

– Tout juste.

– Je ne vous envie pas vous savez…

– Moi non plus.

– À la longue ça doit être usant.

– Exténuant.

– Dites, ça ne vous ennuie pas d'attendre juste une minute. Je monte à l'appartement chercher l'appareil de ma femme, et je viens faire la photo… Tenez, tant qu'à faire, reprenez un autre petit déjeuner en attendant.

– Non vraiment excusez-moi mais ça me gêne…

– Quoi donc, la photo ou le petit déjeuner ?

– Les deux.

– Faut pas voyons, dans ces conditions prenez donc un Ricard… hein, un petit Ricard, vous n'allez tout de même pas me refuser ça.

– Croyez-moi, aujourd'hui je n'ai pas la tête à…

– J'en ai pour une minute.

– Non vraiment j'ai pas envie.

– Alors si je comprends bien vous refusez d'être pris en photo à la terrasse de mon café avec l'appareil photo de ma femme, hein, c'est ça ? Mais pour qui vous vous prenez ?

Il était là le piège. Je me devais d'affecter devant chaque personne la tonalité d'une rencontre privilégiée, de leur donner à tous l'impression d'un moment d'exception, à temps complet je me devais de naviguer entre le solennel et l'abordable, tenir chaque inconnu pour un interlocuteur avantagé. Le pire était bien de ne même pas avoir la satisfaction de revendiquer quoi que ce soit, même pas l'orgueil d'un livre ou d'une chanson, même pas le confort de me savoir brillant génial ou doué.

Je la lui fis donc sa photo, avec l'appareil de sa femme et devant sa terrasse, devant son bar aussi, et même devant sa voiture, et son chien, toute la pellicule y passa. Après quoi ce fut le livreur qui proposa de me prendre devant son camion, le fleuriste avec son forsythia, le menuisier à côté de son vélo, un môme avec mon bras dessus son épaule, face à la file des prétendants je dus prétexter un rendez-vous urgent pour me dégager, et je repartis sans même avoir touché une miette de mes croissants.

– Dites Frangin, et c'est quand que vous nous faites un disque ?

Là-dessus ils se marrèrent tous, ce qui résonnait pour moi comme un indice, une sorte de vraie information, en tout cas c'était bien le signe que jusque-là je n'en avais encore jamais fait, de disque.

II

L'essentiel n'est pas de dire,
mais d'en rajouter

– Et maintenant nous accueillons donc… Georges Frangin…

C'est là qu'un technicien fit signe à tout le monde d'applaudir… S'ensuivit une séquence indescriptible où les gens se mirent à hurler des houa et des houai, pareil que dans un stade, par là-dessus ils balancèrent une musique à tempo, une ambiance quasi cosmique qui envahit le studio, une musique nettement trop forte à mon goût, qui me dérangeait fortement, mais je me voyais mal leur demander de baisser. J'allai m'asseoir tel qu'on me l'avait expliqué dans la loge, et me plaçai au milieu d'autres vedettes toutes aussi invitées que moi, des artistes pour la plupart, parmi lesquels un politique recalé, une miss France fraîchement élue, une chanteuse à voix, tous parfaitement à l'aise, pas impressionnés pour un rond, plutôt confits de satisfaction, concentrés sur cette bonne impression qu'ils avaient à faire, se tenant droit comme à table, grandis par un je ne sais quoi, concentrés sur toutes les questions, y compris celles qu'on ne leur posait pas. L'enjeu on me l'avait bien dit, c'était de parler, ne pas nécessairement attendre qu'on me donne la parole pour avoir quelque chose à dire. Un artiste c'est avant tout un être qui cherche à faire parler de lui, ceci dit il doit parfois endurer d'entendre parler des autres.

Cette fois c'était mon tour d'être interviewé, les autres se contentaient pendant ce temps de garder leur meilleure pose, de ne pas trop perdre le bon profil, de soupeser dans les écrans de contrôle à quel moment ils n'étaient plus cadrés.

Une fois calé dans la brochette, je regardai le fameux présentateur droit dans les yeux, plutôt surpris de le voir en vrai, assez surpris qu'il existe en fait. Je le fixais de la même façon que je le faisais avant, quand je le voyais à la télévision. En un sens, c'est vrai que je le connaissais déjà. Évidemment lui aussi me connaissait un peu, mais ça à la limite c'était normal, puisqu'il avait fait le choix de m'inviter ; c'est donc qu'en dépit de l'apparente indifférence que l'on avait l'un de l'autre, on se connaissait quand même. Le problème c'est qu'en plus de toutes ces lumières qui me clouaient comme un lapin dans les phares, il se mit à me poser des questions que je ne comprenais pas, faute d'avoir réellement écouté, ou par totale déconcentration.

– … et c'est donc à cette époque-là que vous dites avoir beaucoup souffert, et que depuis ce temps-là vous avez peur du noir, de la maladie, de l'insécurité, peur de tout, et qu'en somme votre vie n'aura été qu'une succession de déveines et de malentendus…

– Mais je n'ai jamais dit ça…

– … vous dites aussi qu'à une époque vous en étiez venu à dormir dehors, et que, depuis ce temps-là, vous dormez mal et vous avez froid…

– Mais je n'ai jamais dit ça…

– Vous dites aussi que vous avez fait plusieurs dépressions, et que depuis plus de quinze ans vous essayez d'arrêter de fumer, on dit aussi que vous avez eu des problèmes avec l'alcool, le haschich et le Nutella…

– Mais je n'ai jamais dit ça…

– Alors, suite à tout cela, vous le comprendrez mon cher Frangin, ma première question ce sera : Est-ce que vous allez mieux… ?

– …

Le pauvre, je sentais bien que ce n'était pas très fair-play de ma part de dénier son sens de la représentation, après tout c'était son émission à ce type, pas la mienne, ça n'aurait pas de sens de passer mon temps à le contredire, ce serait même à la limite de l'irrespect, ce serait comme de dire à la maîtresse de maison que sa purée n'est pas bonne, de ne même pas y toucher. Je voyais bien que ce gars-là voulait que je lui dise que j'allais mieux, pour lui c'était essentiel de me présenter sous l'angle du miraculé, du gars qui s'en sort, parce que dans le fond rien n'est plus singulier, rien ne rend plus attachant que d'aller mieux.

Alors, d'instinct, sans qu'on me le dise, je perçus qu'il était de notre intérêt à tous les deux que j'abonde un peu plus dans le sens de ses propos, que je me braque un peu moins sur des motifs de vérité, le tout à la télé n'est pas tant de dire vrai que de le dire sincèrement.

– … Alors, Georges Frangin, je disais donc : quand on sait qu'en moyenne, les gens regardent la télé plus de trois heures vingt-deux par jour, alors qu'ils ne lisent qu'à peine vingt minutes par mois, pourquoi avoir choisi de faire un livre plutôt que de la télévision ?

C'est là que je songeai à la prodigieuse sentence qui m'aura construit dans l'ombre, cette constante qui aura galvanisé ma modestie, car c'était peut-être le vrai seul bon moment, pour une fois, de me faire vraiment remarquer.

– Écoutez, je veux bien qu'on parle de mon livre, mais jusque-là ni vous ni moi ne l'avons lu, et pour cause : personne ne me l'a encore écrit…

– Ah le con…

C'est la formule dans laquelle s'accouda l'animateur en se forçant bien le fou rire, il se plia jusqu'aux genoux au point d'en rire pour de bon, ce qui donna le signe aux haut-parleurs de nous remettre un bon coup de musique à fond, suite à quoi l'assistance des spectateurs se remit à applaudir frénétiquement en agitant bien haut les bras, des gens qui visiblement débordaient d'enthousiasme pour moi, des gens qui pour tout dire, là, sur le moment, avaient l'air de sincèrement m'aimer. On me glissa discrètement un petit verre d'eau pour déglutir l'émotion, une assistante me passa même un mouchoir sur le front, me demandant si tout allait bien, encore mieux considéré que chez le dentiste.

Dans le fond on n'est pas mal à la télé, on est bien reçu, tout le monde est aux petits soins, à la limite on serait presque mieux dedans que devant. L'avantage aussi c'est que les invités sont en vrai, le décor régulièrement chauffé, il suffit de lever le doigt pour avoir un whisky ou une coupe de champagne, alors qu'à la maison bien souvent, à part une bière tiède on n'a pas le choix. Il était fatal que l'homme moderne se lasserait un jour de ne faire que regarder sa télé, et que la nouvelle tendance ce serait de se voir passer dedans.

– Alors c'est extraordinaire, mais on dit qu'à un moment votre vie n'a été faite que de Boeing, de décollages, d'atterrissages, ça devait être grisant non…

– La vérité c'est que j'ai passé mon enfance en bout des pistes d'Orly, alors quand vous parlez de Boeing je veux bien, mais à l'époque y'avait aussi des Tupolev, des Caravelle, des Airbus, le Concorde, et même un hélicoptère une fois, on n'a jamais su pourquoi…

– Incroyable !

À n'en pas douter, tout le prestige de ces grandes marques aéronautiques me rehaussait d'un charisme dont moi-même ne me serais jamais cru capable, toujours est-il que le public en eut une nouvelle bouffée d'applaudissements, me hissant de fait au rang des Mermoz et autres Astor Piazzolla de l'aviation.

Comme par l'effet d'un coup de cymbale, l'animateur récupéra son sérieux et fixa la caméra pour signifier que c'était bien moi qu'il regardait droit dans les yeux, et qu'en somme on passait aux choses sérieuses, qu'on n'était pas là pour rigoler. Il tapissa ses nouvelles questions d'une gravité durable qui plomba la salle d'un frisson de pénitence.

– Bon alors, Georges Frangin, tout le monde aujourd'hui connaît votre histoire, mais tout de même, est-ce qu'on pourrait revenir un peu sur qui vous êtes pour que les gens comprennent mieux... Alors, vous êtes né...

C'est là qu'il se mit à lire sa fiche en insistant sur certains points qui lui semblaient intéressants, et rien qu'en exagérant un peu, en en rajoutant modérément, il arrivait à tout rendre palpitant : ma chute dans l'escalier à douze mois devint une première tentative de suicide, ma carrière scolaire une incarcération de longue peine, l'échec de mes deux baccalauréats une mise au ban de la société, et l'épisode du couscous de ma première communion un incident diplomatique... alors qu'en fait non, s'il y avait eu du couscous à ma première communion c'est juste que mon père avait réservé dans le restaurant d'un copain, et que ce copain-là à l'époque était marocain. Il parla aussi de mes petits jobs, mes contrats précaires et mes inscriptions successives à l'ANPE, il y mit tellement de cœur que c'en devenait poignant, du public montaient des mouvements d'empathie et de fascination, la salle modulait selon l'humeur suggérée par l'animateur, il faut dire qu'il les tenait, ce gars-là jouait de son public mieux que d'un instrument. Enfin je pouvais juger sur pièce pourquoi ce type faisait de la télé : tout simplement parce qu'il était fait pour ça.

Après quoi l'animateur évoqua toutes ces arcanes qui fondent la texture de mon histoire, l'inauguration du McDonald's, le judo et cette manie qu'avait le monde depuis toujours de me faire des reproches, là-dessus il enchaîna avec une somme de détails insignifiants de mon parcours, me ressortant des souvenirs dont ma conscience elle-même savait faire l'économie, des avatars mineurs qui, énoncés par lui, prenaient la teneur de pures révélations. À un moment, j'ai craint qu'il ne me ressorte des bulletins scolaires et le déroulé de ma carte Vitale. Tout de même, sans rien en montrer je réalisais bien la chance que j'avais d'être ainsi filmé de toutes parts, d'être aussi royalement mis en lumière que chez un coiffeur.

C'est sans doute ça le plus savoureux vertige dans une émission, de se trouver transcendant à tout bout de champ, de soutenir chacun de ses propos comme un gisement déterminant, et de sentir à chaque fois monter l'acquiescement d'une petite foule acquise. Au second degré, l'autre sensation forte c'est l'idée d'être projeté dans le mobilier des autres, d'illuminer les fins de repas dans des salons groggy, d'incendier l'écran plat de ses sourires fringants, de frimer de toutes ses dents dans le petit chez-soi des millions de téléspectateurs, d'enchaîner des vannes à leur décapsuler le sourire, d'enchanter les fins de soirée en simulant la foire. En fin de compte j'aimais ça, je commençais même à m'écouter parler, je finissais par prendre goût à moi, mine de rien je m'y faisais, je me découvrais tous les attributs d'une star, à croire que j'étais fait pour ça, pour qu'on parle de moi, à croire qu'il s'agissait là d'une sorte de don. Ma carrière était inexorablement lancée, il est clair qu'on parlerait de moi, et même si un jour on ne devait plus en parler, je relancerais ma carrière en faisant n'importe quoi, en devenant bouddhiste pourquoi pas, comme ça je reviendrais à cette même émission, les pieds en tongs et le crâne en ogive, et à partir de là, à nouveau, on me demanderait ce qui m'arrive, au pire je participerais à une émission sur les *has been* ou la reconversion des stars, je viendrais leur dire à quel point j'étais devenu mystique depuis qu'on ne parlait plus de moi, à quel point j'étais devenu sage et serein depuis qu'on ne parlait plus de moi, et à nouveau on parlerait de moi…

Quand, du jour au lendemain, on participe de ceux que tout le monde a vus la veille dans son téléviseur, quand on est assailli de clins d'œil et d'appréciations permanentes, qu'un à un vos contemporains vous arrêtent pour vous livrer leurs appréciations ou commentaires, on pourrait parfaitement se permettre de le prendre mal. Moi finalement je le vivais bien, et même si cette faveur était à mon avis tout ce qu'il y a d'usurpée, j'avais tout de même conscience de rendre là un service. M. Raphaël me l'avait bien expliqué, d'autant qu'il était pleinement satisfait de ma prestation. Au vu des chiffres et des courbes d'audience, il n'hésitait même plus à parler de performance…

– C'est fort ce que vous avez fait là, Frangin, mine de rien vous contribuez à l'édification de la nation, à son divertissement, à sa relative consolation.

Signe que j'avais pris de l'importance, Raphaël m'avait fixé un rendez-vous dans sa limousine, mais cette fois il était passé me prendre directement en bas de chez moi.

– C'est admirable ce potentiel qu'il y a en vous, cette faculté de renouvellement… Et croyez-moi,

Frangin, le plus dur dans le domaine du récréatif et du divertissement, c'est de se renouveler... Et oui, tout votre talent est là, d'être inédit. C'est votre génie, Frangin, de faire distraction, de distraire des sommes d'inquiétudes inutiles, et toutes ces questions que les gens se posent sur vous, au moins ils ne se les posent pas ailleurs.

La limousine arrivait aux abords du marché Richard-Lenoir, bondé en ce dimanche ensoleillé.

– On a besoin de gens comme vous, mon petit Georges, il faut réalimenter sans cesse le réservoir des célébrités, que la provision se régénère, quitte à piocher dans l'inconnu, sans quoi la source risque de se tarir. Allez mon vieux, trinquons à ces économies que vous nous faites réaliser, cette grâce d'être devenu célèbre sans même qu'il soit besoin de faire en sorte que vous le deveniez, c'est un progrès énorme que vous initiez là, et ça marche mieux que jamais... Tenez, Frangin, goûtez-la votre gloire, c'est bien plus vivifiant que le champagne...

Au feu rouge, Raphaël ouvrit la vitre teintée de mon côté, et, immanquablement, tous ceux qui nous remarquaient me faisaient des signes ou m'interpellaient.

– Pas de doute Frangin, ils rêvent tous de vous approcher, ils vous ont reconnu pour ce que vous êtes, c'est-à-dire la pièce essentielle du dispositif, l'élément majeur de la récréation, c'est beau ce que vous faites là, Frangin, c'est beau, on devrait prévoir une forme de glorification pour les gens qui se dévouent comme ça, qui se vouent corps et âme à la distraction...

La limousine continuait de coulisser doucement le long du marché, il y avait maintenant un tel attroupement qu'on ne pouvait plus avancer.

– Tout de même, monsieur Raphaël, c'est bien beau tout ça, mais pourquoi moi ?

Là-dessus le grand patron s'énerva, il remonta sèchement ma vitre et ordonna au chauffeur de bifurquer par le sens interdit à droite.

– Ne posez pas trop de questions, Frangin, contentez-vous de jouer le jeu, mais de le jouer bien.

– Et qu'est-ce qu'il y a à gagner ?

– D'être envié. Il est là le vrai moteur, le dessein ultime, il n'y a rien qui se fasse en dehors de cette arrière-pensée-là. La voiture, le pavillon, les blonds enfants ou la montre, le boulot, les enjoliveurs ou les chromes du camion, la carte Gold ou les vacances au bout du monde, pourquoi croyez-vous qu'on va au bout du monde, Frangin, sinon pour se faire photographier, en ramener une idée autre de celle qu'on se faisait de soi avant ? Le vrai projet ça n'est que ça, Frangin, être envié, et pour tout le monde vous êtes l'aubaine, vous êtes celui qui leur montre que ça peut arriver, il n'y a rien à commettre ni à produire pour être le plus envié de tous, vous êtes l'expression même de cette innovation farouche, on peut être remarquable simplement en ne faisant rien.

À nouveau je voyais la limousine filer vers les boulevards extérieurs, puis s'engager sur le périphérique, avant de prendre la direction du tunnel de Saint-Cloud.

– Ceci dit, mon petit Frangin, attention, il serait bon de mettre un peu de contenu dans tout ça, car ne l'oubliez pas, je vous l'ai dit déjà, l'essentiel n'est pas de savoir pourquoi un truc marche, mais de…

– … tout faire pour que ça continue de marcher.

– Très bien. Des émissions, vous vous imaginez bien qu'il va falloir en faire d'autres, alors évidemment, faudrait nourrir un peu le propos, étoffer les angles…

– Et si je n'y arrivais pas, si les gens finissaient par se rendre compte que dans le fond je ne suis rien ?

– Trop tard, mon cher Frangin, la machine est lancée.

– Soit, mais si je sortais de la machine, si je refusais de passer à la télé ?

– Alors là ce serait le succès assuré, la folie, je vous jure bien que le lendemain on ne parlerait que de ça. « Mais où est passé Frangin ? » « Pourquoi Frangin s'est débiné ? » Rien n'est plus noble que de refuser de passer à la télé ; à condition que tout le monde soit au courant…

Cette fois on avait passé le tunnel de Saint-Cloud, et on filait carrément sur l'autoroute de l'ouest.

– Dites…

– Non, croyez-moi, mon cher Frangin, le vrai drame dans la vie serait de ne pas passer à la télé du fait de ne pas y être invité. À ce sujet tenez-vous prêt, j'ai un truc énorme pour vous d'ici une semaine, du grandiose, ce que j'appelle de la surexposition, si ça se fait, c'est pour vous au bas mot vingt millions de téléspectateurs… Rien que ça… Tenez-vous prêt, Frangin. Et soyez rasé de près. Au fait, vous n'avez pas de problème de genoux ?

– Non. Pourquoi.

– Pour l'instant je ne vous en dis pas plus, mais il se pourrait qu'on ait besoin de vous pour un match de foot, si on arrive à vous caser. Au fait, je vous dépose là, justement vous n'êtes pas loin du parc de Saint-Cloud. Un petit footing ne vous ferait pas de mal. Et attention, Frangin, d'ici unc semaine pas de blague, tenez-vous prêt.

Six kilomètres. J'évaluai à six kilomètres le trajet qu'il me faudrait faire le long de la glissière de sécurité avant de retrouver une entrée sur Paris.

Avoir la parole, c'est avant tout trouver quelque chose à dire

Cette fois ça y est, je ne touche plus terre, je glisse à la surface des choses dans une euphorie totale, je flotte, je traverse au vert, je survole les regards, j'en oublie même de saluer le kiosquier, je ne vois plus personne. Je me pose à une terrasse incommodée de soleil et je feins de les ignorer tous, je les occulte tous ces mortels qui tentent la connivence avec moi, qui me lancent un petit regard pour se sortir de leur quotidien, un salut mine de rien, à partir de là ils le sentent bien, je n'ai plus rien à voir avec eux, je les snobe royalement.

C'est donc ça que fait le succès, cette certitude irrévocable d'avoir passé un cap, de rallier enfin l'éther, la sphère ultime, ce stade où les êtres culminent à mi-chemin des dieux. Je tâte de cette connivence suprême avec la très haute idée qu'on se fait de soi, je le sens bien, j'étais fait pour être génial.

Je ne réponds pas à toutes ces mains qu'ils me tendent, je ne veux pas la moindre molécule de leur peau sur la mienne, pas le plus petit résidu d'épiderme, rien qui me colonise ni m'altère. Les magazines avaient raison, c'est énorme ce qu'on gagne à être connu, c'est fort ce que ça déporte, de là je les vois mieux toutes ces séquences de stars qui pètent les plombs, je relie mieux les ivresses et les lieux communs sur la gloire et ses déviations, ces scories de la renommée, les coups de gueule et les coups de cafard, les coups de poings répandus tard le soir, le coup de baisser son pantalon devant les représentants de l'ordre, l'ironie ultime de leur montrer ses parties génitales. Là, tu vois, ce serait minuit que j'irais me perdre en boîte. Pour me sentir moins seul j'emmènerais l'attachée de presse, je ne vois personne d'autre, je ne connais personne, à compter de ce jour je les suspecte tous, je lis l'intérêt dans toutes les sollicitudes, les arrière-pensées dans tous les pas qu'ils font vers moi, je vois les ego croître à mesure qu'ils se rapprochent, les femmes surtout, les hommes je les vois moins… Normal, me dirait le chanteur à voix, celui qui se faisait courser par les gamines, et qui, malgré une hétérosexualité farouche, ne se voyait pas une seconde les satisfaire toutes.

Ce coup-là il faut que je boive vraiment, faut que je m'enivre, même s'il n'est pas dix heures du soir, du matin seulement. Il faut que je m'incommode de molécules heureuses, que je me dissolve un peu dans l'irréalité du monde, que je me remplisse d'autre chose que de noirs cafés et de plaquettes de chocolat. Pardon mon corps, pardon mon âme, pardon à cette sobriété non feinte dans laquelle je vivais jusque-là, mais il faut que je m'alcoolise, à la limite je pourrais dire que j'ai des circonstances atténuantes, que c'est la célébrité qui me met dans des états pareils, de toute façon dorénavant je pourrais être saoul, me rouler par terre, être odieux, con et même sale qu'on y verrait un nouveau trait de génie, d'avance je le sais, quoi que je fasse on me trouverait enviable, on serait prêt à tout me pardonner, dès lors je serais piégé dans les schémas de la reconnaissance perpétuelle, que ce soit en bien ou en mal, l'essentiel resterait qu'on parle de moi, telle est la différence suprême entre les subalternes et les notoires, les uns taisent ce qui permet aux autres de faire parler d'eux.

Maintenant je sors parfois le soir, on m'invite dans des endroits pour rencontrer des gens comme moi, des gens qui reflètent l'époque. Entre célèbres on est bien, c'est comme une famille sans aliénation filiale, on s'aime tous, ne serait-ce que pour réalimenter l'estime qu'on se porte l'un l'autre, entre soi on est bien, on est encore mieux qu'avec des gens. On me revend à prix d'or des pincées de poudre pareille à de l'aspirine, même pas effervescente ceci dit, on me sollicite pour rehausser le décor d'endroits déjà assez valorisants par eux-mêmes, et là-dedans je me propulse dans le schéma de la déconfiture programmée, alors que les autres se lâchent et se démènent, mais sans se froisser vraiment, dans la plupart des cas sans même transpirer. Faut dire aussi qu'il y a beaucoup de célébrités de longue date là-dedans, des blonds rompus à la déconnade, des pimpants qui parlent et boivent et dansent tout en même temps, des faciles qui bravent l'acoustique en glissant des finesses à l'oreille des dames, alors que moi, faut bien le dire, je me contente de hurler oui dès lors qu'on me demande si tout va bien. J'évolue dans le stade ultime de la présence, celui où on fascine rien qu'en étant là, celui où on devient intéressant en faisant l'économie de toute conversation. Je me contente d'être là, ça satisfait tout le monde de le savoir, et ça justifie que j'y sois.

France-Angleterre

– Mon petit Frangin, cette fois j'ai besoin de vous pour France-Angleterre… Eh oui, il nous faut un people pour donner le coup d'envoi, et comme le président est en tournée et que la reine c'était pas jouable, on a pensé à vous… Vous n'avez rien contre le football j'espère ?

– Non, mais je ne sais pas y jouer.

– Le coup d'envoi Frangin, rien que le coup d'envoi, un simple coup de pied, c'est faisable…

– J'entends bien mais je n'ai pas touché un ballon depuis l'âge de douze ans, faudrait peut-être que je répète, que je m'y remette un petit peu avant…

– Vraiment Frangin, ne compliquez pas les choses. Qu'est-ce que c'est qu'un coup de pied Frangin, même pas fort vous verrez, de toute façon c'est un coup d'envoi factice, ça reste symbolique, tout de suite après vous ressortez, vous ne resterez pas sur le terrain Frangin, vous vous en doutez bien…

– En tout cas il est hors de question que je joue.

– Bon alors, on a besoin de vous à vingt heures au stade de France.

– C'est à vingt minutes de chez moi, je partirai à la demie.

– Non : la veille, Frangin, la veille. Pour le voyage officiel.

– Quel besoin de faire un voyage officiel ?

– Pour le filmer Frangin. On vous expliquera. Si vous voulez je passe vous prendre avec la limousine et je vous emmène à la gare…

– Non, non, je préfère y aller à pied.

– Sinon à part ça, du sport, vous en avez déjà fait Frangin, hein ? En tout cas ce serait bien que vous en ayez déjà fait, ce serait profitable. Vous êtes un brin sportif n'est-ce pas… ?

– Sportif, c'est un grand mot. Disons qu'à l'école j'étais inscrit au judo, tous les mercredis je passais le kimono, j'ai fait un peu de vélo aussi, je monte trois étages, comme tout le monde.

– Parfait, on s'arrangera avec ça. Allez, bonne chance, Frangin, et j'espère que vous leur porterez bonheur.

– À qui ?

– À nous, à vous, à la France… On compte sur vous. Faites votre maximum pour qu'ils gagnent.

– On est bien d'accord, il n'est pas question que je joue ?

– Ah ah, ce que vous êtes drôle Frangin, de toute façon avec vous il faut s'attendre à tout, si ça se trouve vous seriez capable de leur coller un but… Ce que vous êtes drôle tout de même…

La vie est longue, je le sais pour l'avoir compris, en tout cas elle nous laisse largement le temps d'être visité et revisité par ces sommes de questions auxquelles on ne s'était pas répondu auparavant, plus ou moins les mêmes pour chacun, une sorte d'épreuve universelle qui fonde l'homme dans sa vraie constante, celle de n'avoir pas tout compris. En l'occurrence, la question qui se posait à moi était de taille, quand bien même j'acceptais d'être atteint par une telle grâce, après tout pourquoi pas, il y en a qui sont célèbres pour moins que ça, cependant une inconnue demeurait, pourquoi moi ? Face à cette pure énigme ma seule satisfaction était de la croire parfaitement inédite, car c'est là le ressort des vrais grands destins, de faire face à des questions inédites.

En tout cas c'était bien la première fois que rejaillissaient sur moi les lueurs d'une bonne étoile, jamais jusque-là on ne m'avait prédit quelque destinée ou fortune que ce soit, mon sort n'était aimanté que par les manques, rien qui détermine l'exception. Jamais un parent ni aucun professeur ne m'aura parlé de don, personne n'aura mis l'accent sur une disposition particulière, à croire que je n'en avais pas, ou que tout mon jeu était de rigoureusement les cacher.

Pour le judo, par exemple, je n'étais pas particulièrement doué, j'étais très loin d'être l'archétype, et pourtant je m'y serai fait prodigieusement remarquer. Tout le temps des cours, c'est vrai que j'aurai été le support privilégié du maître, en tout cas je servais chaque fois d'accessoire à ses explications, au point que c'en était devenu un rituel, une sorte de vocation, à chaque nouvelle prise c'était sur moi qu'il faisait la démonstration. Je n'ai jamais eu la présence d'esprit de lui demander pourquoi. Un moment je l'avais pris pour un honneur, au début certainement, jusqu'au jour où j'ai réalisé que le cours s'argumentait entre lui et les autres, et que moi dans tout ça je n'étais qu'un intermédiaire, une sorte d'animation, ma vocation était d'aider les coéquipiers à visualiser, pendant que moi, le nez dans le kimono du *Senseï*, rivé dans sa sueur, dégagé de l'attraction terrestre par une pogne de ceinture noire, je ne voyais rien. Dans le fond j'étais au cœur même du schéma, confondu à la prise, mais la plupart du temps je ne la comprenais pas, faute de véritablement l'avoir vue. Je me souviens qu'au début de la démonstration, avant que la prise ne commence, je voyais les autres, figés dans leur concentration, comme dans un monde à part. Certains avaient tout de même l'indulgence d'un regard pour moi, un signe que je leur rendais par en dessous l'aisselle du maître. Je tentais de leur répondre par une grimace ou une mimique, quoi ce que soit qui fasse rire, une astuce qui la plupart du temps se rompait net, parce qu'à peine je leur faisais les gros yeux ou me remontais la langue dans le nez, que déjà une force cosmique me décollait de terre et me faisait passer de l'épaule gauche du *Senseï* à son pied droit. Pendant ce trajet céleste, j'avais une vision cocasse de mes copains restés au sol et qui n'en revenaient pas, bouche bée ils suivaient ce vol plané inédit que jc produisais devant eux, au moins pendant ces secondes-là j'existais, plus que tout autre j'existais. Eux en bas n'étaient que des spectateurs avides et besogneux, alors que moi j'étais l'exemple en vol, l'élève témoin, j'étais pour eux cette représentation de l'agresseur qu'un troisième *dan* déjouait, je participais de ce modèle de la prise parfaite, j'étais un des éléments du geste pur, et tout ça sans le moindre effort, en me relâchant le plus possible, en me laissant faire en somme. À la toute fin de la prise les autres élèves attendaient de voir dans quel état j'allais retomber, guettant la tête que je ferais cette fois, la tension était à son comble, eux autres partagés entre la peur par procuration et le comique de la situation, et moi toujours un peu statique une fois au sol, parfaitement représentatif de l'effet de surprise, le temps de réaliser que là encore tout s'était bien passé. À l'atterrissage, mon champ de vision s'était inversé, la perspective de face m'était passée dans le dos, et c'est souvent en me relevant que les rires nerveux commençaient de fuser, très vite réprimés par un coup de gueule qui voulait dire qu'on n'était pas là pour rigoler.

Tout de même, un jour, le maître avait eu pour moi ce compliment, une phrase anecdotique qu'il m'avait glissée au seuil d'une explication, et qui disait en substance, à propos de moi, non pas que je tombais bien, mais que je *savais* tomber. C'est la raison pour laquelle il m'avait pris en support à ses démonstrations, non pas parce que je tombais bien, mais parce que je savais tomber.

Cette sentence venue du judo m'aura longtemps poursuivi comme un axiome, elle devait sans doute souligner une aptitude déterminante, une sorte de facilité, voire un talent que j'avais. J'aurais sûrement pu poursuivre les entraînements, voire faire des compétitions, j'y ai pensé quelquefois, mais le nouvel horaire de Zorro à la télé aura tout gâché. J'ai abandonné le judo pour pouvoir regarder le feuilleton. C'est d'autant plus dommage que si quelqu'un devait m'attaquer dans la rue, mon premier réflexe ne serait sans doute pas le balayage de jambes ou le *tomoé-nagé*, mais plus sûrement de bien tomber devant lui ou de lui mimer l'épée.

Il n'empêche qu'au long de ces années de judo c'était moi la mascotte, là encore j'avais valeur de représentation, simplement en me laissant faire, illustre en ne faisant rien. Après tout, si les plus grandes détresses et les plus vives défaites procèdent de la résignation, pourquoi la gloire ne procéderait-elle pas parfois de ce ferment-là ?

Vois comme c'est beau de survoler la France. Veaux, vaches, cochons, je vous passe au-dessus de la tête à plus de trois cents kilomètres-heure… Et encore, nous n'étions là que dans l'étage moyennement haut d'un wagon duplex de TGV, même pas en avion, mais déjà c'était beau. Les champs de nuages qui coulissaient sur les prés d'en bas, les vaches posées à même le pré comme dans les dessins d'enfants, des haies qui composaient le damier, les collines douces qui faisaient pencher les piquets. Je regardais rêveusement coulisser le paysage pendant que mon attachée de presse essayait de démêler ces salves de questions qu'une vingtaine de journalistes enfiévrés n'en finissaient pas de me poser. Il faut dire aussi que les vrais joueurs se tapaient la sieste dans le wagon à côté, interdiction de leur parler, dès lors il était inévitable que l'ensemble des médias se rabattent sur moi… Je faisais face à l'élite de la plume sportive, des spécialistes sur-renseignés, et cependant ils comptaient bien que je leur en apprenne, ils espéraient mes réponses comme si j'avais de quoi leur fournir des points de vue.

En terme de sport je n'y connais pas grand-chose, pourtant on sentait bien que c'était notre intérêt à tous que je leur sorte des trucs intéressants, on me resservait en Whisky Coca pour cela, finalement on s'évertuait tous à débrouiller les bonnes raisons qu'on avait d'être là, et surtout celles que j'avais moi d'aller transcender la France dans son match international de Rugby…

– De football, c'est du football on vous l'a dit…

– Que voulez-vous, ces derniers temps je mélange tout…

– Et les joueurs, vous les connaissez tous, certains sont de vos amis ?

– Pas encore.

– Vous avez une anecdote à leur sujet, quelque chose à dire sur l'un d'eux…

– Oui, celui qui fait la pub pour le shampoing, Robert comment déjà ? Eh bien c'est à cause de lui que j'achète mes shampoings, vous vous rendez compte, uniquement parce que c'est le sien, même pas franchement pour lui ressembler, ni pour avoir ses cheveux, non, tout simplement je me dis qu'un gars aussi rigoureux, et qui met autant de buts, doit sûrement savoir choisir son shampoing.

– Au football, vous y avez déjà joué bien sûr, mais à quel poste…

– Devant le mien.

– Devant le sien, ah ce qu'il est drôle tout de même…

C'est là que l'attachée de presse m'extirpa de mon siège pour me tirer jusqu'au wagon bar, une façon très affirmée de me prendre à part. Elle se recommanda pour elle-même un deuxième café, et pour moi un cinquième Whisky Coca.

– Là, Frangin, vous vous doutez bien que ça ne va pas. Franchement, il en va de notre intérêt à tous que vous ayez déjà fait du football, j'irais même jusqu'à dire que c'est indispensable, vous devez à tout prix nous retrouver deux ou trois anecdotes à propos de votre façon de jouer, pour alimenter les interviews, ça aiderait les journalistes, ça leur permettrait de faire l'article, sans quoi on tourne en rond… Vraiment Frangin, réfléchissez bien, vous êtes sûr que vous n'y avez jamais joué, au football ?

– Non, à l'école je faisais du judo.

– Mais ailleurs, quitte à remonter loin, c'est quand même pas pensable que vous n'ayez jamais tapé dans un ballon, pas vrai ?

– Oui. Si on veut. D'une certaine façon on peut dire que j'y ai déjà joué, mais c'était devant la porte du garage du pavillon de ma tante, avec des cousins, et des enfants de voisins, mais on était loin d'être onze, encore moins vingt-deux, et le terrain c'était du gravier, et le garage faisait les buts. Enfin il y avait un ballon.

– Ah, à la bonne heure, vous voyez quand vous voulez ; vous voyez bien que vous êtes un ancien footballeur… Alors tout de même Frangin, ce qu'il faudrait, quand on vous posera la question, ce serait juste d'éluder le gravier et le garage pour mettre l'accent sur le côté sport d'équipe, la dynamique du groupe, le côté revigorant, avec le froid, les crampons, la technique et tout et tout… Laissez tomber le garage, Frangin ! Et tenez, pour que ce soit plus simple, si on vous demande à quel poste vous jouiez, vous n'avez qu'à répondre goal, c'est ce qu'ils répondent tous, dès qu'on demande à un chanteur ou un politique à quel poste il jouait, il répond goal, à tous les coups ça marche, ça évite les questions vicieuses sur les techniques de pied et les placements sur le terrain. Avec vous ça fera un goal de plus, voilà tout. De toute façon, il n'est pas interdit de tricher un peu, hein, personne n'ira vérifier.

– Pardon, je vous prie de m'excuser, mais je vous certifie que j'étais le goal, c'était moi qu'on collait devant la porte du garage, les autres voulaient jouer vraiment, c'était moins ingrat… Et je vous prie de croire que les ballons il était vital de les intercepter, à cause de la porte en métal, sans quoi je passais le dimanche à me faire engueuler par les voisins…

– Donc vous êtes bien un ancien sportif. D'autre part, si on vous demande deux trois avis sur le championnat, ce serait bien que vous en ayez.

– Mais je n'en ai pas.

– Révisez Frangin, prenez *L'Équipe*, *Le Parisien* et révisez, retenez les gros titres, ça suffira. Et en termes politiques vous en êtes où, je veux dire de quel côté vous vous situez ?

– La politique par contre j'en ai fait, deux mois sur les marchés.

– Oui d'accord, mais en gros vous diriez quoi ? Parce que là, attention Frangin, c'est le genre de sujet délicat. Sur les questions politiques, il faut faire très attention à ses réponses, ne vous laissez jamais piéger, restez le plus flou possible.

Elle avait eu raison de me prévenir. Une fois de retour dans le wagon officiel, le staff de l'équipe de France étant toujours en sieste, c'est encore à moi que revenait de faire diversion, de répondre à des questions de tout ordre, en particulier sur le fond de jeu de l'équipe de France, les options techniques, les combinaisons, les placements, savoir ce que j'en pensais…

– Bien, tout ce que je peux vous dire de l'équipe de France de football, avant tout, c'est qu'elle joue bien, un jeu à la fois aérien et à ras de terre, un peu entre les deux quand il le faut, des joueurs toujours concentrés sur le ballon, des joueurs qui y croient, des joueurs qui ont la foi, oui la foi, et alors pour le reste, des équipements de première qualité, des maillots près du corps et des shorts qui tombent juste, et toujours neufs avec ça…

Après l'équipe de France, on me pressa de questions pour savoir ce que je pensais du Stade de France, du Stade, puis de la France dans son entier… Et là je dois bien le reconnaître, je tombai un peu dans les généralités. La patrie, les terroirs, les trois cent soixante fromages, les produits de qualité, la révolution française…

– Et de notre président, vous en pensez quoi ?

– Non, je ne voudrais pas lui nuire par un propos malheureux, et mon avis n'intéresse personne.

– C'est bien pour ça qu'on y tient. Alors vous en pensez quoi ?

– Je n'en dirai rien. Je lui dois bien ça.

– Vous êtes de gauche alors ?

– Ça m'arrive.

– Et de droite aussi ?

– Par nature, mais je lutte.

– Et à propos de la réforme sur le droit des…

– Messieurs, que les choses soient claires, je n'aborderai aucune question d'actualité.

Je sentis Jennifer à côté de moi marquer un soupir profondément soulagé.

– Soit, mais vous par exemple, à titre personnel, est-ce que vous auriez voté la mort de Louis XVI ?

– À titre personnel ? Non, je ne crois pas. Je dois reconnaître que j'en aurais été incapable.

– Donc vous êtes de droite…

Jennifer mit d'autorité un terme à la conférence de presse et se rapprocha pour me souffler discrètement à l'oreille.

– Méfiez-vous des questions pièges, Frangin, et surtout des réponses que vous y ferez. En tout état de cause oubliez la politique. Faites-moi confiance. N'en parlez pas.

Que l'on songe à la pulsion charmante, à l'intention puérile qui remonte dès lors que l'on voit un ballon posé juste là, face à soi… De voir une balle, quelle qu'elle soit, prête à rouler sur une pelouse au velours lissé, tondue de la veille, que voulez-vous, ça ne donne pas autre chose que l'envie fraîche de taper dedans. Que l'on songe aussi à la ferveur de plus de soixante-seize mille personnes exaltées, ajoutée à la hardiesse de mes six Whisky Coca, et l'on comprendra mieux que moi-même, tout seul dans le rond central, je surpassais l'état de grâce, je tutoyais une forme très exaltée d'éther, une aisance à laquelle mon corps ne s'était encore jamais initié. J'avais là toute une nation suspendue à mon bon vouloir, je n'avais qu'un geste à faire, rien qu'un coup de pied, mais j'attendais. Le ballon était beau il faut dire, une boule bien lisse et argentée, une sphère cosmique, nous étions là tous les deux, lui et moi, dans l'axe exact de millions de watts projetés, on était là à la croisée de ces souffles qui se retenaient, les deux termes de leurs parenthèses, on contenait le monde d'un contact qui ne venait pas, on les tenait tous, le ballon et moi on ne bougeait pas.

Des milliers de papiers se mirent à pleuvoir des gradins, à tournoyer amplement au-dessus du stade, une prière qu'il n'appartenait qu'à nous d'exaucer, le ballon et moi, voilà bien ce qui s'appelle, je crois, tenir le monde en haleine. L'arbitre selon la règle n'intervenait pas, les joueurs cherchaient mes yeux de leurs regards d'enfants sanguins, le ballon avait des lueurs d'acier vraiment, une bille inerte que nul pied jamais ne pourrait faire décoller. De l'autre côté des écrans ils devaient être des millions à nous regarder faire, des millions de billes captives de notre seule attitude, toute une civilisation sur le mode pause, à tout attendre de moi.

Il ne tenait qu'à moi de l'initier le spectacle, il ne tenait qu'à moi de rompre net la monotonie de leur existence assoupie, de les replonger d'un simple coup de pied dans cette ivresse de tout oublier, de s'approprier corps et âme le résultat, de vibrer pendant près de deux heures au rythme de quarante-quatre jambes hallucinées, souffrir de blessures qui ne leur appartiennent même pas, s'extasier de la magie de la parade, éructer contre un arbitre honni parce que dans la vie ça ne se fait pas, d'insulter l'arbitre, finir même par se convaincre qu'on a son rôle à jouer, que c'est uniquement parce qu'on regarde que son équipe se met à gagner, que l'enjeu de sa vie est là dans l'écran vertical, et qu'on va gagner pour une fois, oui on la tient sa revanche, pour une fois on sera gagnant…

Donne-leur, me soufflait une voix intérieure, tu es le pur détonateur, désinhibe leur moment de joie, il faut y aller dirait Raphaël, la distraction, Frangin, vous êtes en train de les distraire de leur distraction…

Il fut si fort ce coup de pied-là, il vint de si loin, que je faillis en perdre mes appuis. Tout en montant le ballon n'en finissait pas de me fixer, comme s'il sentait que je lui passais le relais, il avait dû ressentir tout le poids de ces angoisses qu'il lui appartenait d'expier, toutes ces solitudes à déjouer, il avait dû avoir peur finalement, parce qu'il n'en finissait pas de monter. Depuis l'ensemble des gradins, une marée de regards se souleva pour le suivre, des dizaines de milliers de nuques qui basculaient de plus en plus à l'oblique des corps, les fronts dressés vers les hauteurs des derniers rangs, jusqu'à voir la balle atteindre le seuil le plus incandescent des projecteurs, jusqu'à la voir les dépasser, jaillir hors de la lumière et continuer de fuser droit vers la texture opaque d'un ciel malade, jusqu'à la dépasser, jusqu'à atteindre la sphère tranquille d'un air toujours pas sali de nos soupirs, à croire que dans une ultime irrévérence les dieux nous confisquaient là notre jouet, à croire qu'ils cherchaient à nous plomber d'une réflexion, dérisoire accession d'une balle au statut de promesse, mais jusqu'où diable continuerait-elle de monter…

III

L'humilité n'est qu'un avatar de nos déceptions

En temps normal, rien n'est plus rabaissant que de trouver une convocation de l'ANPE dans son courrier le matin. Surtout ce genre de lettre impérative qui vous assigne à un bilan de compétences, un rendez-vous pour tenter de faire le point sur votre employabilité. Il y a quelques semaines de cela, ce genre d'invitation m'aurait fait froid dans le dos, d'autant qu'il n'y avait pas la moindre courtoisie là-dedans, pas la moindre amabilité, ce sont pourtant des gens que je fréquente depuis des années, notre relation est essentiellement fondée sur la préoccupation de faire le point, il n'y a même que ça qui compte, réévaluer une situation qui ne change pas, se rendre mutuellement des comptes sur des données qui n'évoluent pas.

Pour une fois j'étais presque heureux qu'ils m'écrivent, qu'ils ne m'aient pas oublié. Pour moi ce genre de bilan c'était l'aubaine, l'occasion de voir quelles portes m'ouvrait ma nouvelle situation, si je pourrais enfin lire un peu clairement mon avenir.

Une fois sur place je m'avançais comme à chaque fois jusqu'au guichet, dans cette atmosphère désolante et fraîchement repeinte en vert. La préposée toute gênée retrouva d'un coup le sourire en me voyant, pour une fois elle se leva, et, rougissante, elle saisit ma convocation avec la ferveur d'une pièce de collection.

– Désolée, monsieur Frangin, mais monsieur le directeur n'est pas là pour vous recevoir.

– Le directeur, mais pour quoi faire ? J'ai rendez-vous avec Mme Balla.

– Mais j'imagine que c'est monsieur le directeur qui traite directement votre dossier, il est je sais sur son bureau. Et puis vous n'allez tout de même pas participer à un bilan d'employabilité maintenant ?

– Je sais c'est à onze heures, je suis un peu en avance.

– Non, je veux dire…

– Ne vous en faites pas, je vais attendre là, de toute façon je connais Mme Balla, c'est quelqu'un de ponctuel.

– Tout de même, vous n'allez pas attendre comme tout le monde, prenez au moins un café, tenez, je vais vous chercher un verre d'eau…

Je dois dire que jusque-là les gens de l'ANPE avaient toujours été corrects avec moi, ils n'avaient jamais manqué de m'écrire et de m'entourer d'attentions, mais, là, force était de constater que l'accueil tournait carrément à la courtoisie.

Mes frères de convocation arrivèrent les uns après les autres, plus ou moins fiers, pour certains abattus, mais tous faisaient cette même drôle de tête en me voyant là, d'autant que j'étais visiblement arrivé le premier. Je ne sais pas ce qui leur trottait dans l'esprit, mais aucun n'osait me parler directement. Certains devaient se dire que j'étais un beau salaud pour venir toucher des indemnités, convaincus que je jouissais de gigantesques émoluments. D'autres songeaient sans doute au caractère illusoire du vedettariat, ce paravent factice qu'est la notoriété, une vanité stérile et pas rentable, la preuve, puisque j'en étais là.

Avant de nous prier d'entrer, Mme Balla vint me saluer personnellement, elle se dit étonnée de me voir, elle n'était plus très sûre de pouvoir faire quelque chose pour m'aider. De mon côté je lui fis comprendre que j'avais besoin de ce bilan de compétences, qu'il était essentiel pour moi, il fallait à tout prix que je sache où j'en étais, s'il était souhaitable de me réorienter.

– Bon, concéda-t-elle, si vous y tenez…

Elle nous précéda dans une salle sans âme qui ne sentait même pas le tabac froid. Chacun devait se présenter à tour de rôle, poser en deux mots le bilan de sa déveine, en toute sincérité, ça ressemblait à une réunion des alcooliques anonymes, le ressort était le même, tous voulaient arrêter de ne pas travailler. Mais quand ce fut mon tour, bizarrement, Mme Balla me fit un clin d'œil, une façon de sous-entendre que j'étais au-dessus du lot, et elle donna directement la parole à mon voisin de droite. J'en étais révolté. Moi aussi j'avais le droit à mon petit exposé !

À la fin du tour de table, elle s'approcha pour me glisser à l'oreille :

– Dites, vous voulez une dérogation pour les vitres teintées ?

– Quelles vitres teintées ?

– Pour votre voiture.

– Mais je n'ai pas de voiture.

– Ah bon très bien, très bien, sinon si vous voulez des vitres teintées il suffit de faire une demande en préfecture… On ne sait jamais… J'imagine que vous devez être importuné sans cesse. Je disais ça pour vous.

Ce rapport très privilégié avec l'animatrice me mettait mal à l'aise. D'ailleurs j'en profitais pour lui dire que je tenais absolument à ce qu'on conclue le tour de table, parce que moi aussi j'avais besoin de me présenter, moi aussi j'avais besoin d'oraliser un peu les choses, de m'objectiver en pensant haut.

– Alors voilà, je m'appelle Frangin, Georges Frangin, pendant des années j'ai cherché du travail à plein temps, sans résultat vraiment, en dépit d'aptitudes considérables, y compris dans des domaines qui ne supposent pas trop d'ambition. J'ai chez moi des tas de documentations du CNED, des tas de demandes d'inscriptions, mais bon, puisque le cinéma est déjà beaucoup demandé, et que pilote de ligne ou chirurgien ça ne se peut pas, en attendant ces derniers temps j'ai fait quelques missions, d'intérim s'entend. La dernière en date c'était au salon du tourisme, je concassais des silex en tenue d'homme préhistorique, sur le stand de la région Nord-Picardie, ou Pas-de-Calais. Juste avant j'avais fait le menuisier au salon du bâtiment, à distribuer des prospectus sur les parquets flottants. Pour ce qui est des diplômes, je n'en ai pas. J'ai arrêté le bac au bout de la deuxième fois, et je n'ai subi aucune formation. Voilà. Voilà où j'en suis.

Quand je me rassis, ils se mirent tous à applaudir…

– Alors là, c'est pas croyable…, ne put s'empêcher de dire une jeune femme pleine d'admiration.

Suite à mon intervention ils étaient tous béats, ils n'en revenaient pas. Là-dessus ils y allèrent tous de leur petite question, ça tournait à la conférence de presse…

– Non vraiment, mais vous n'avez aucune formation, pas d'expérience proprement dite…

– C'est vrai que vous n'avez pas le bac ?

– Et avec les filles, est-ce que ça marche mieux depuis que vous êtes célèbre ?

– Et dans quelle voiture vous roulez…

– Et le Premier ministre, c'est vrai qu'il est sympa…

– Et Michael Jackson, ça se voit quand on est de près… ?

Il y en a même un qui était monté sur la table pour me voir bien en face, me voir de près…

Mme Balla dut intervenir fermement pour redonner un semblant d'ordre à tout ça :

– Voilà bien ce que je craignais, me lança-t-elle avec un air réprobateur… Enfin, vous l'aurez voulu. Bon, reprenons.

Une fois l'incident clos, elle nous distribua un questionnaire visant à établir notre niveau d'études, de compétences et de qualification, on devait en somme remplir des tas de cases, répondre aux questions et donner des dates. Il n'y avait même pas une case « Êtes-vous célèbre ou pas ? »… On a beau dire, mais les questionnaires sont mal faits. Pendant l'épreuve elle-même je les sentais bien tous autour de moi qui me cherchaient du regard, j'avais la nette impression d'être épié, à croire qu'ils attendaient que je leur donne mes réponses ou qu'ils cherchaient à me copier, qu'ils voulaient faire très précisément les même réponses que moi pour en arriver là où je me trouvais.

Pourtant j'étais comme eux, rivé à la même perplexité inquiète, ce besoin de faire le point, savoir où je me situais vraiment. Au moins, là, on se proposait d'effectuer une évaluation précise, au travers de critères tout ce qu'il y a de rigoureux. Avec ça, j'aurais dû arriver à me faire une idée un peu plus précise de moi-même, une sorte de *check-up* existentiel. Il est heureux que ce genre d'expertise-là existe, mais il faut bien dire que c'est un peu angoissant. On redoute toujours les conclusions.

Au fil de l'examen l'ambiance devenait de plus en plus grave. Autour du grand rectangle de tables, chacun s'enfonçait dans une consternation croissante, réalisant probablement tout ce qu'il n'était pas. L'employabilité, c'est un mot qui fait peur. Tous à notre niveau on rêvait d'y correspondre, de coïncider, mais à vrai dire on ne voyait pas bien comment faire. Il était clair que de l'employabilité de chacun dépendrait son aptitude à retrouver du travail, mais ça restait une notion abstraite.

Personnellement, j'avais de sérieux doutes sur mon employabilité, j'appréhendais qu'elle ne soit pas bonne, comme pour le taux de cholestérol ou d'urée. Face à ces critères-là, dans le fond on ne rêve pas d'autre chose que d'être rigoureusement dans la normale.

Une des dernières questions du formulaire c'était de savoir ce qu'on aurait voulu faire vraiment, dans l'absolu, quel genre de métier nous faisait vraiment rêver. Même là je ne voyais pas. J'ai mis archéologue, comme ça, parce que c'est vrai que j'aime bien me balader.

Les conclusions en ce qui me concernait étaient catastrophiques, en résumé je n'entrais dans le cadre d'aucune formation, pas le moindre stage de perfectionnement. Le plus simple finalement, c'était de tout reprendre à zéro, ou de me mettre à l'informatique.

Mon seul véritable acquis c'était cette considération, cette estime instantanée qu'ils me portaient tous, d'ailleurs tous voulaient prendre un verre avec moi au sortir de l'agence, au café à l'angle, une considération même pas négociable en fin de compte, puisqu'ils attendaient tous que ce soit moi qui paye le pot. Je pouvais dès lors, à quarante-six ans, envisager l'avenir sereinement.

Oui vraiment, je pouvais envisager l'avenir sereinement.

Je me souviens très bien de l'interview de cette prodigieuse actrice de cinéma qui disait qu'être star, unanimement célébrée de par le monde, ne changeait rien, que la seule vraie réalisation, son seul vrai accomplissement, venait des trésors de la vie quotidienne. Le plus fort, c'est qu'elle ne doutait pas d'avoir raison. Elle avait fait cette confession dans un grand journal à l'occasion de la sortie de son film, et comme le film ne suscitait visiblement pas trop les commentaires, encore moins les compliments, la pauvre fille, une certaine Juliette je crois, en guise de tout jugement on la faisait parler d'elle. Et mes enfants ceci, et les voyages cela, et les nourrices, et les metteurs en scène ceci, et le problème de devoir attendre pendant des heures dans le froid, et la fatigue qu'il y a à se coucher tard tous les soirs, et les impôts qui ne la lâchent pas, elle passait en revue sa condition de misère, elle n'oubliait rien, et c'est vrai qu'à la fin de l'article on la plaignait, on avait presque envie d'aller voir le film, ne serait-ce que pour la voir faire autre chose que parler d'elle. Le plus pénible apparemment c'était de passer sa vie dans les grands hôtels, et le nombre d'étoiles n'y changeait rien puisque le résultat était là, elle souffrait d'être loin de chez elle, de sa petite condition de mère modèle. Je pouvais lui rétorquer ce moindre argument, que vivre dans les palaces dispense au moins d'avoir à faire son lit, mais de ma part ce serait parfaite mauvaise foi, puisque moi-même chez moi, le lit je ne le fais pas. Et je ne suis pas mauvaise langue. En tant que célébrité je ne le peux pas.

Dorénavant je ne lis plus ce genre d'article en tant que spectateur passable, mais en essayant d'apprendre sur moi, chaque fois qu'une star parle et se confie, j'ai le sentiment d'entendre parler de moi. C'est vrai qu'en ce qui me concerne, la célébrité ne m'a pas dispensé d'une certaine forme de vie quotidienne, certainement pas, c'est indéniable. Pour le reste si je n'ai pas de problèmes pour faire garder les gosses, c'est simplement que je n'en ai pas, quant à l'administration fiscale elle m'importune bien un peu comme tout le monde, ne serait-ce qu'à toujours me demander de produire des justificatifs, alors qu'ils sont à la poubelle depuis six mois. Moi aussi il m'arrive d'attendre des heures dans le froid, et même si c'est plus souvent dans les agences d'intérim que sur les plateaux de cinéma, il n'empêche que la finalité revient au même, quand on attend, on ne fait rien, et c'est désolant, quel que soit le point de vue où on se place. À la limite, à l'entendre cette fille-là, on en viendrait presque à se dire qu'il vaut mieux attendre dans les vrais locaux chauffés d'une ANPE que dans de faux décors qui ne le sont pas.

Mais le plus déroutant chez elle, c'était cette quête d'absolue normalité. De son point de vue il n'y avait pas d'ambiguïté, sa seule source de bonheur, sa plus ultime satisfaction, c'était d'avoir un mari et deux enfants, de faire son repassage de temps en temps, de se définir d'une confondante normalité. D'ailleurs on la voyait épanouie sur la photo, à faire du vélo avec son mari, sur l'île de Ré. C'est vrai que ça transpirait le bonheur.

Dans le fond elle avait peut-être raison. En somme pour être heureux, pour passer des moments à l'être, il me suffirait de faire du vélo avec une femme sur un sentier le long de la plage, il suffirait de mettre un bob pour éviter le soleil, de porter un bermuda, le tout sans avoir l'air ridicule, de s'allonger dans les dunes pourquoi pas ? Mais avant de pouvoir faire tout ça, il faudrait d'abord rencontrer la fille et rallier la destination, il faudrait louer les vélos en laissant une caution, il faudrait acheter le bob et le bermuda à la bonne taille, avoir des amis pour prêter la maison, trouver le temps de trouver tout ça. Un parfait impossible en somme.

Je ne vois guère que moi pour me consoler de moi.

Vois comme j'attire, vois comme une aube se soulève dès lors que j'apparais, la rue n'est qu'un manège à la disposition d'un môme jamais rassasié de ses jeux… Pour autant je ne nie pas qu'il soit parfois incommodant d'être constamment désigné et commenté où qu'on aille, d'avoir à ce point déjoué l'anonymat. Certes, il y a de vrais inconvénients à devoir composer sans cesse l'attitude de celui qui se sait observé mais qui visiblement n'en souffre pas, de feindre le naturel d'une façon permanente, bien sûr c'est fastidieux de dédaigner tous ces regards qui constamment vous cherchent, sans pour autant avoir l'air d'être méprisant, toute cette petite gymnastique de la célébrité confrontée à ces légions d'anonymes. Je sens bien qu'il y a là comme une association contre nature, et que la société devrait prévoir des manières d'isoler les célèbres pour les préserver de tous ceux qui les tiennent comme tels…

– Eh m'sieur… faut pas se la péter comme ça… c'est pas parce que vous êtes passé à la télé hier qu'y faut pas nous rendre le signe !

– Quel signe ?
– Le bonjour quoi…

C'est là tout le prodige du malentendu. C'est alors que j'avais pleinement admis les délices de la célébration permanente qu'une révélation m'apparut sous les traits de l'imposture, l'intuition de l'usurpation, elle m'effleura à cause de ce groupe de gosses qui étaient là à ne rien faire, et qui, depuis le trottoir en face, tentaient la connivence, me faisant des signes étranges avec les doigts, cherchant sans doute à me signifier que visiblement ils m'aimaient bien. Les pauvres mômes, ils me saluaient aussi fraternellement que si j'étais un rappeur ou un musicien… Je devrais peut-être m'excuser auprès d'eux, en dépit de cinq ans de piano dans mon enfance, il serait malhonnête de laisser croire que je suis de près ou de loin un musicien.

– Vraiment les stars vous êtes pas dignes… ça vous monte tous grave à la tête de passer à la télé… z'êtes comme des seigneurs… pas dignes… Au fait, les potes et moi on se demandaient, vous êtes acteur ou pas ?

– Non.

– Ah l'autre, y fait même pas de cinéma, c'est nul, et vous avez jamais joué dans un film ?

– Pas que je sache.

– Même pas de pub ?

– Même pas.

– Vous êtes nul alors ?

– Non, je suis connu voilà tout.

– Mais vous pourriez au moins chanter, faire un tube ?

– Ah nous y voilà, pour tout vous dire, depuis le début je craignais que vous ne m'en parliez…

– Ah c'est ça, vous faites des tubes alors, mais des trucs qu'on n'écoute pas, de la variété de belle-mère…

– Même pas, désolé de vous décevoir. Ceci dit vous n'avez pas complètement tort, j'ai tout de même fait cinq ans de piano, il y a longtemps de cela.

– Ah l'autre, du piano… la classe… Mais vous êtes pianiste ou quoi…

– Même pas.

– C'est nul. Franchement vous voulez qu'on vous dise, vous êtes nul.

Plutôt que de prolonger ce dialogue impossible, je continuai de marcher en butant inlassablement sur cette prise de conscience : entre l'imposture et moi il n'y avait qu'un pas. Là-dessus ils continuèrent de se moquer modérément, à croire que le coup du piano, tout de même, les avait bien un peu impressionnés.

C'est pourtant vrai que j'en avais fait cinq ans, sans le moindre progrès cela dit. Mes parents auront eu beau se saigner selon leur expression, toutes ces années n'auront servi à rien. « On se saigne pour que tu fasses du piano… », sur le coup j'avais cette image de mes parents s'ensanglantant le plus discrètement possible, probablement dans la cuisine ou la salle de bains pour des questions sanitaires, ne surtout pas tacher le parquet, et pendant qu'ils se vidangeaient le rhésus dans la baignoire, moi je massacrais Scarlatti dans une salle désaffectée de collège, devant un vieux professeur absent. Mes parents n'attendaient que ça, que, sous l'effet d'une pédagogie très suivie et quasi prodigieuse, je me mette à jouer divinement, qu'on me présente à des concours, qu'on me balance devant des assistances de plus en plus fournies… C'est de la faute à Mozart toutes ces idées préconçues qu'ont les parents sur les possibles prouesses de leurs gosses, des visions de quasi-prodiges qui confinent au miracle, le gamin de sept ans qui se met à jouer comme sur Radio-classique, le môme qui illumine tout l'immeuble des envolées de sa partition, les voisins enchantés qui vous demandent de l'enregistrer…

Les enfants servent un peu à ça, réaliser les espoirs qu'on avait sur soi-même fondés.

Le plus fort c'est que ces mômes-là, de loin, me suivaient toujours, du regard ils me suivaient.

Depuis que je suis célèbre je suis capable de tourner toutes les pages d'un journal, du début jusqu'à la fin, sans même en avoir lu une ligne. Rien retenu. C'est plus fort que moi, au café le matin je ne peux pas m'empêcher de jeter des coups d'œil partout, de sonder les réactions, faire le partage entre l'incrédulité de ceux qui me reconnaissent et ceux qui ne me voient pas. Dans la grande salle baignée de lumière, par le jeu des glaces je surprends des attitudes à mon égard, être seul fait de moi une proie, je vois ceux qui se posent un moment la question de m'aborder, alors que si j'étais accompagné, l'idée ne leur viendrait même pas.

Ah si tout de même, de loin j'en sens que j'amorce, le curieux de base, le brave type buté. Le bonhomme traverse la salle, mine de rien me regarde un peu, et puis bien droit, et fatalement s'avance vers moi… Encore un qui va me demander un autographe, des nouvelles d'Adamo ou dieu sait quoi…

– Bonjour, vous êtes bien Louis, le fils de Mathieu ?

– C'est qui Mathieu ?

– Ben mon voisin. Z'êtes pas le fils de mon voisin. De loin j'aurais cru.

Le con. Y m'a pris pour quelqu'un d'autre.

Si ça se trouve
je vais bien

Il m'aurait fallu rougir sûrement.

Si quelqu'un dans la rue, qui que ce soit, m'arrêtait de but en blanc et me demandait droit dans les yeux si je n'avais pas honte d'usurper ainsi la reconnaissance, d'être célèbre sans la moindre raison, face à une telle accusation je me mettrais à rougir sûrement.

Sur le coup, pas de doute que la présence d'esprit me manquerait, pourtant l'à-propos commanderait de lui retourner la politesse, de lui renvoyer l'argument, après tout c'est par son regard que j'existe, une vedette n'est rien sans ses couloirs de regards, je ne suis qu'une baudruche gonflée par l'unanime aspiration…

– C'est une honte, vous savez, c'est à cause de gens comme vous qu'on finit par prendre les vessies pour des lanternes. Avant, les artistes étaient des gens qui gagnaient à être connus, alors qu'aujourd'hui ils cherchent simplement à l'être…

– Mais vous savez, je n'y suis pour rien.

– Je sais bien, mon pauvre Frangin. C'est bien ça le pire.

Que voulez-vous, on a beau avoir vu votre tête à la télé, dans les magazines et les journaux, et pour certains même sur des paquets de gâteaux, il y a toujours des imbéciles pour ne pas vous reconnaître. On me l'avait bien dit, en tout cas je l'avais bien lu dans un magazine à indiscrétions, dès lors qu'on est célèbre le plus révoltant c'est de croiser de ces narquois, de ces pâles individus qui feignent de ne pas vous avoir vu, qui vous narguent d'une indifférence tellement flagrante, tellement surjouée qu'elle en devient pathétique. Je vous assure que ceux-là sont les plus agaçants. Sans doute qu'il y va de leur fierté à vous dénier toute suprématie, peut-être même qu'ils se croient forts en faisant ça, alors qu'au fond, j'en suis sûr, ils meurent d'envie de vous regarder, ils font effort pour trouver la ressource de se détourner de vous… Du temps où j'étais anonyme, moi aussi j'ai parfois feint de ne pas reconnaître tel ou tel homme politique sur le marché, telle vedette dans la rue, et même à la télé il m'est arrivé d'ostensiblement zapper à la simple vue de quelqu'un. Il y a une sorte d'humiliation à concéder à une vedette qu'on l'a effectivement reconnue.

En tant que célèbre il est légitime d'avoir les nerfs à fleur de peau, et plus particulièrement dans les supermarchés, la proximité est telle avec le reste des autres que l'on se sent un peu comme le taureau dans l'arène. Ce jour-là, j'essuyai prudemment quelques bonjours en traversant l'atmosphère feutrée du rayon textile, je serrais bien un peu les dents quand on me tendait carrément la main, mais globalement je gérais la situation, y compris à une heure d'affluence, mais c'est dans le rayon alimentation que ça se passa moins bien. Dans ce climat de bonnes manières, il en était un qui commençait à me tracasser, une espèce de grand type à l'air absorbé, un revêche que je croisais au hasard des allées, qui m'avait même bousculé à un moment, et qui en plus de ne pas s'excuser n'avait même pas daigné me jeter un regard. Il s'agissait là du revêche de base, le gars qui se croit plus malin que les autres parce qu'il ne cède pas à cette envie qu'il a de vous reconnaître. Mais le plus fort, c'est que par le jeu de cette martingale qui distribue à chaque client sa file d'attente à la caisse, je me retrouvai juste derrière lui. En pur cynique, non seulement le type s'obstinait à regarder droit devant lui, mais en plus il me tournait le dos, ostensiblement même. C'est là, on le comprendra, que j'ai carrément craqué...

– Tout de même, c'est pas la peine de faire semblant...

Le gars ne me répondit pas, et, pire, il ne se détourna même pas, ce qui signifiait bien à quel point ma remarque l'avait cinglé.

– Vous savez, vous avez parfaitement le droit de ne pas me reconnaître, après tout vous n'êtes pas obligé, mais tout de même, cette attitude bornée qui consiste à dénier le système, à rejeter le vedettariat en bloc, c'est presque grossier, je dirais même avilissant, pour vous s'entend…

Le type a juste tourné le visage, il m'a lancé un regard de deux secondes sans la moindre expression, et s'est à nouveau plongé dans sa forme rectiligne d'attente.

Si ça se trouve je l'avais touché. Mal à l'aise, il devait déjà envisager les possibilités de rattraper le coup, de se rabibocher avec moi.

– Si ça peut vous rassurer, sachez que je ne vous en veux pas. On a tous ses petites maladresses… Moi-même je vous avoue qu'il m'est déjà arrivé de faire comme vous… Un jour au tabac, j'étais en train de faire la queue juste devant Claudia, ou Jeanne Cardinale, et bien je vous l'avoue, je ne lui ai pas jeté un regard, pas un signe, pas même un sourire : rien, le parfait dédain… Je suis bien sûr que ce jour-là mon indifférence l'a atteinte. Je vois bien que vous essayez de faire pareil, hein, dites…

Le gars ne répondait toujours pas. Face à une telle obstination j'eus l'intelligence de lui tapoter l'épaule, une façon de faire la paix… C'est là qu'il le prit mal.

– *What the hell… give me a break would you…*

– Très bien, très bien…

Mon dieu, quel prodigieux indice il me délivrait là, vu l'accent à n'en pas douter ce gars-là venait des États-Unis ou d'une Australie lointaine, une forme très radicale d'étranger, et de toute évidence ma tête ne lui disait rien, mon renom n'avait visiblement pas franchi l'Océan, ce qu'après tout je pouvais parfaitement prendre pour un enseignement.

Conviendrait-il de me faire connaître jusque là-bas, y avait-il un intérêt quelconque à le faire, un bénéfice pour moi, irais-je jusque là-bas pour ne rien faire, à ce stade franchement je ne voyais pas.

L'alcool nous fait ressembler
à ce qu'on n'est pas

Seul, j'en suis là, à n'avoir aimé personne. Bien trop peur de me livrer pour ça, peur de me perdre dans la désillusion des heures, de faire comme tout le monde, peur des repas pris le soir dans le regard éteint d'une femme, celui-là même qui m'aura ignoré le matin, peur de tenir le présent pour le postulat de l'avenir, de s'inscrire dans le temps, faire des enfants pour souscrire une forme d'élévation… L'amour est fait pour tout le monde, excepté les paumés, les miteux et les lâches, ceux-là doivent s'aimer seuls ou compter sur l'altruiste désœuvrement d'une belle âme. Je suis seul par refus, refus de tenir une main dans les rues tristes, de tenir le réel pour vrai, de tenir jusqu'à temps que les efforts s'avèrent, refus de se tenir droit dans le grand carambolage des jours, ce sacrifice incessant de tous mes rêves d'enfance, tenir à deux dans le projet de construire, tenir à autre chose qu'aux ivresses faciles et aux dérèglements commodes, des séances d'alcool à vivre le monde en différé, dans le fond je ne suis rien, ni personne, dans le fond je n'aurai jamais su approcher le réel, je n'aurai même pas su pleurer sur un amour en fuite, je n'aurai jamais su trouver les mots ni la femme pour les dire, j'aurai vécu le grand feuilleton des jours comme une histoire sans suite, je me serai perdu dans ce spectacle donné par les autres, au fil des rumeurs, des catastrophes et des flashs d'informations, j'aurai suivi tous les matchs dans la foi d'un enjeu personnel, alors que dans le fond ça ne changeait rien pour moi qu'ils gagnent, ça me donnait quoi qu'ils gagnent, des épiphanies d'un quart d'heure, des fiertés usurpées, qu'on gagne ou pas de toute façon je serais allé me coucher, j'en aurai liquidé des nuits à colmater mes rêves, des matins à miser sur les plis défaits du soir à venir. Pourtant j'aurais mérité de rêver sur les toiles de Monet, les maigreurs de Giacometti ou les nausées de Bacon, les complaintes de Schumann ou de Nina Simone, j'aurais mérité de m'exalter pour des causes plus ou moins justes, toujours justes dans le fond, pour autant qu'elles mobilisent, j'aurais mérité mieux que ce peu d'efforts que j'ai fait pour m'élever, en tout j'aurai toujours préféré la station assise, j'ai comme un grand chagrin à voir ce que j'ai fait de moi, je ne suis rien d'autre qu'un cas, un cas isolé dans les rangs de l'Histoire, même pas à part, de ceux qu'aucun talent ne sera jamais venu tenter, aucun remords non plus, aucun coup de téléphone, je suis de la légion des assommés, des assoupis de l'époque, de ceux qu'aucune colère n'aura jamais soulevé, aucune guerre, aucune révolte, aucun voisin non plus, je suis l'homme sans voisin, sans attention d'aucune sorte. Je suis seul et j'en suis là, à compter sur le miracle ou la bénédiction d'un jeu, à attendre une forme quelconque d'élection, une usurpation prodigieuse, à la limite je croirais volontiers en Dieu mais je n'ai jamais su l'atteindre, alors que le PMU est juste là à deux pas, que la télé recrute pour tout un tas de rédemptions. Pour le reste je fais plus ou moins comme les autres, je m'en tiens au jouable. Pour toute exaltation on se propose à des jeux, on persiste dans l'enfance, à ce stade-là de la désillusion on ne compte plus que sur des hasards pour se grandir, on ne parie que pour gagner, on déraisonne dans les grandes largeurs, on se voit à la tête de millions même pas mérités. On mise vaguement de temps en temps, sans même la pure détresse des grands perdants, on mise par désespoir, on minimise à coups d'euros, on mise des sommes ridicules au regard de ce qu'on en attend, en attendant on s'y croit, on se rêve sa part de gloire, puisque le système dispense ses petits dédommagements, son lot de consolation de temps en temps, une poignée d'anonymes qu'il fait sortir du lot.

N'attendez pas de moi que je me reprenne, il est trop tard, mon nom ira finir sur une stèle sans parole, game over, une partie calée entre deux dates, hommage à tous ces inconnus d'eux-mêmes, ce monument aux morts vivants.

Tu vois, j'aurais une femme en ce moment, quelqu'un qui vivrait à mes côtés sans même qu'il soit question de m'aimer vraiment, une douce habitude sous les plis froissés d'une jupe, eh bien je suis sûr qu'elle ne craindrait pas de me dire que je pète les plombs, une femme qui serait là pour se dire que ça ne va pas. « Mais tu vois pas que depuis ta célébrité tu ne fous plus rien, tu laisses des cheveux dans la baignoire, tu ne ranges plus tes rasoirs, tu laisses traîner tes fils dentaires et tu te lèves encore plus tard qu'avant… » Peut-être qu'elle n'assumerait même pas l'orgueil d'avoir un homme qui passe à la télé, on finirait dans la jalousie compète, avec un prétexte de plus pour taire que l'on ne s'aime pas. Si j'avais des mômes ils me diraient mais dis donc papa c'est dingue, depuis que t'es célèbre tu fous les pieds sous la table et tu parles pas, t'allumes juste la télé pour voir si on va parler de toi… D'ailleurs c'est bien simple, si j'avais des mômes, à coup sur on en aurait trois, un deuxième pour certifier le premier, et le troisième qu'on aurait fait dans le tempo, avant qu'il ne soit trop tard, quel que soit le sexe, trois mioches qui coaliseraient avec leur mère pour m'inonder de reproches. Ils seraient là tous les quatre à guetter mes nouvelles manies, à traquer mes inadvertances, à consigner les paramètres qui leur feraient dire que j'ai beaucoup changé. Ce serait eux mon premier public, mon public de l'intérieur, le moins conciliant, le plus calomniateur, ils passeraient leur vie à me dire que je suis insupportable, à interpréter tous mes vices et à me flinguer de remords. À cause d'eux pas de doute que je ne pourrais pas me laisser aller à la petite gymnastique facile de revisiter mes effets, pas de doute qu'ils m'encombreraient dans ce nouveau sacerdoce que j'ai de ne plus penser qu'à moi. Je la vois d'ici la petite famille, à tenter de me rabaisser au moindre sursaut d'orgueil, à me contrarier sans cesse dans ce salutaire élan qu'il y a à se surestimer, je suis bien sûr qu'ils trouveraient des façons de me désavouer l'orgueil, de me chicaner la vanité, ne serait-ce que par cette peur ultime de me voir les surclasser… Heureusement je vis seul. Ah tranquille souveraineté des âmes, qu'a-t-on besoin des mômes pour pérenniser l'espèce, et que ne soulage-t-on les illustres des préoccupations familiales. Au moins, dans ce contexte de célibat total, j'ai tout le loisir de péter les plombs sans électrocuter personne, je pète les plombs mais dans la grâce valable d'un disjonctage harmonieux, entravé par rien, au moins je disjoncte mais ne fais de l'ombre à personne, je disjoncte mais dans la plénitude du court-circuit, je ne parle plus et mets tous mes pieds sur la table, je bois les litres dont le Frigidaire m'abreuve et me couche à pas d'heure, toutes lumières allumées, je plonge jusqu'au malaise dans la fièvre inassouvie de ne penser qu'à soi, avec le monde j'ai coupé tous les ponts exceptés ceux qui me ramènent à ma propre personne, mentalement je coulisse d'une pensée à l'autre, pour peu qu'elles s'en tiennent à l'axe de mes seuls espoirs, de mon unique projet. Tu vois, là, j'aurais une femme et des enfants, je les rassemblerais en cercle autour de moi, une simple posture de patriarche qui leur paraîtrait mégalomane, et je leur dirais vos gueules avec vos reproches. Oui, papa a la tête enflée comme un melon de Cavaillon, les chevilles bondées dans ses chaussettes étroites, et à partir de là dites-vous bien qu'on ne lui parle plus qu'à la troisième personne, du singulier s'entend. Au moins s'ils étaient là ça me permettrait d'être odieux, je me flinguerais l'état d'âme en me disant que je suis cruel, je les verrais fondre sans fin à l'ombre de ce pur soleil que dorénavant je répands. C'est bien simple, le premier qui moufterait je lui balancerais une beigne, au moins comme ça on me ferait un procès, les voisins s'indigneraient de ma posture de tyran cruel, on en tirerait des pages dans les magazines *people* sur le thème pas trop édulcoré de ces idoles qu'on croit sympa et qui dans le privé s'avèrent de vrais salauds. Pour entretenir le mythe ce serait parfait, j'irais jouer les humbles dans une émission sur les vertus de la famille, je frôlerais le repentir, mais de préférence à la radio, et pour que la contrition soit parfaite j'irais demander audience au pape, je tutoierais le divin dans l'ondoiement de ses aubes, enfin un personnage à ma mesure. Tout ce qu'il y a de sûr c'est que ça me disqualifierait de fait pour les publicités sur le jambon, les voitures et les petits pots, tous ces grands vecteurs de l'exaltation familiale. Du point de vue économique s'entend, ce ne serait pas bon pour moi.

... Pardon mes enfants, par avance je m'excuse de ce tort que je vous ferais, je m'excuse de cette ombre qui surplombe vos pudeurs effarouchées, prenez pour de la tendresse ultime cette façon que j'ai de ne même plus vous parler, de ne même pas vous toucher, prenez pour de la tendresse ce don de ne pas vous avoir fait, je parle à des anges avec l'aplomb d'un vieux con, je cultive ce mythe de vos petites voix défaites qui me diraient, papa, pourquoi tu ne nous parles plus...

Seulement voilà, il y a toujours un seuil où la bouteille s'arrête, un moment où une forme très entamée de conscience nous revient. L'alcool nous fait ressembler à ce qu'on devient

Le sordide est toujours voisin du friand

– Ce n'est pas pour dire, Frangin, mais faudrait nous faire rêver… j'aimerais vous voir en short de bain dans les pages hawaïennes des magazines télé, plonger au bras d'une starlette dans des soirées à champagne, ou au pire figurer dans les rubriques avant/après pour illustrer votre lifting…

– J'ai horreur qu'on me prenne en photo.

– Franchement, Frangin, vous pourriez au moins faire l'effort de sortir avec quelqu'un de célèbre, ce serait profitable croyez-moi, donner dans l'adultère d'une façon générale, l'extraconjugal c'est valable, même si on se coupe du marché américain… Enfin, Frangin, je ne sais pas, vous pourriez au moins tromper votre femme…

– Mais je ne suis pas marié.

– Eh bien débrouillez-vous mon vieux, trompez celle d'un autre, accumulez les conquêtes, l'inconstance c'est porteur, regardez Liz Taylor, on aura autant parlé de ses films que de ses maris…

– Oui mais moi j'suis pas Liz Taylor.

– Démerdez-vous, mon vieux, mais d'une façon ou d'une autre il faut faire parler de vous.

Pour les circonstances de cette engueulade céleste, Raphaël avait poussé sa limousine jusqu'en bas de chez moi, et plutôt que de rester sur place, la voiture étant trop longue pour la garer, on faisait sobrement le tour du pâté de maison. La vitre baissée je regardais défiler mon quartier, je répondais aux bonjours.

– Regardez-les, Raphaël, vous voyez que mon public est toujours bien là.

– Certes, je reconnais que les médias vous essorent bien un peu, j'ai bien noté que vous avez eu la faveur d'un ou deux magazines féminins, mais généralement on vous y voit en train de ne rien faire, quand ça n'est pas carrément de dos, et qui plus est avec personne… Non, mon vieux, vous comprenez bien que ça ne peut pas durer, à la limite tout ce que je vous demande c'est certes de glander, mais si possible avec quelqu'un, une fille ou pourquoi pas un homme, qu'il y ait enfin des trucs à dire sur vous, faites l'effort de vous renouveler.

Au bout de la cinquième fois qu'il nous vit passer, le kiosquier arrêta de me faire ses petits bonjours. À la sixième il tiqua. À la septième il nous attendait à l'angle avec un plan, me demandant quelle rue je cherchais, auquel cas, si c'était la mienne, elle était juste là.

– C'est gentil, mon brave, mais nous ne faisons que tourner.

– Bon, bon.

La contractuelle aussi trouvait notre ronde bizarre, de même que le mendiant qui suivait notre manège, ou encore le boucher qui nous ratait un tour sur deux, à cause des clients. Au bout du dixième tour il faut bien le dire, tout un tas de gens avaient déjà pris le pli, sans plus le moindre étonnement ils nous regardaient quand même, signe qu'au-delà de l'effet de surprise il est possible d'intéresser cela dit.

– Et ce livre fameux que vous deviez faire à propos de mon histoire ?

– Pour l'instant l'éditeur ne voit pas encore très bien comment l'aborder, si c'est sous l'angle du drame, du burlesque, ou de la pathologie, pour l'heure je ne saurais trop vous dire si votre parcours relève du pathétique ou du remarquable…

– Je vois.

– Dites-vous que le procédé de la littérature est tout ce qu'il y a de complexe, entre ce que la télé dit d'un livre, ce que le lecteur en comprend, et ce que l'auteur a voulu dire, il y a des déperditions terribles, ça confine toujours au malentendu, c'est pourquoi il vaut mieux partir sur une idée simple, si possible une idée de départ.

– Je vois.

– À part ça, Frangin, je vous pose directement la question, mais vous ne seriez pas le fils de quelqu'un par hasard… ? Ce serait valable d'être le fils de quelqu'un, ça ouvrirait un angle en tout cas, si votre père était célèbre ça nous aiderait.

– Même moi je le connais à peine.

– Qu'importe. La solution ce serait peut-être de le faire connaître, et quand il sera devenu quelqu'un de suffisamment connu, on pourra révéler que c'est votre père, et à partir de là il deviendra intéressant… Et pour vous ce serait bon…

Sans doute était-ce l'effet rotatoire, mais Raphaël retournait toutes sortes d'idées sans retenue, des vues qui, mine de rien, trahissaient une insondable perplexité.

– Ce qu'il y a de sûr c'est qu'on doit relancer la machine, faudrait trouver un truc, un scandale, un procès, n'importe quoi, sinon on risque de plafonner.

– Dites-moi, monsieur Raphaël, vous n'attendez tout de même pas de moi que je me transforme en icône ou en martyr de quoi que ce soit, je n'ai pas le profil du provocateur emblème…

– Après tout pourquoi pas mon vieux, soyez un tant soit peu, je dirais, déviant ou sulfureux, retrouvez-vous un vice ou un enfant caché, des mômes que vous auriez faits il y a quelque temps, une mère que vous auriez lâchée, le sordide est toujours voisin du friand… Oui, c'est ça, faudrait qu'on vous colle un truc terrible, une sorte de faute inexcusable qui vous vaudrait une unanime aversion, ainsi votre célébrité foudroyante serait bien vite consolidée par une réprobation universelle, un blâme qui vous désignerait aux yeux de tous et vous relancerait dans les médias…

– À partir de là on me rejetterait.

– Mais non, Frangin, les spectateurs n'aiment rien tant que pardonner, ça les console d'eux-mêmes… Faut qu'on trouve un truc et, croyez-moi, on trouvera.

Pourtant j'ai beau chercher, je n'ai pas le souvenir de la moindre déviance ni de la plus petite condamnation. Il faudrait que je sois à la source d'un scandale, une horreur reconnue comme telle par le plus grand nombre, à cause d'une prise de position ou d'un comportement de préférence, qui ferait de moi un motif d'incitation aux nouvelles mœurs. De nos jours, je n'ignore pas que le sexuel est bienvenu, ce n'est pas le genre de sujet que l'on cache facilement sous la table. Pour autant je n'ai rien d'un provocateur, pas plus dans mon style que dans mes effets.

Dans l'esprit, c'est vrai, je serais plutôt un homme à femmes, même si dans les faits j'en fréquente peu. Avant cet épisode qui me projeta comme en pâture sous le regard des autres, j'étais d'une apparence modérée, de ces physiques passables qui suscitent assez peu l'intérêt, du genre passe-partout. S'il y a longtemps que je n'ai pas couché avec une fille, et encore jamais avec un garçon, c'est uniquement que le chômage inactive en vous toutes sortes de fonctions. Ce genre de statut n'engendre guère les relations, on y fait assez peu de rencontres, ou alors des chômeuses tout comme soi, des êtres minorés par l'incertitude et le doute, des êtres pas franchement sous leur meilleur jour, des femmes qui auraient besoin de sentir à leur côté un homme qui travaille pour les rassurer. Faire un bout de chemin avec une chômeuse ce serait combiner les déveines, épanouir les désarrois, alors qu'au contraire le but des âmes dans l'amour c'est d'aller vers le mieux, de marcher à deux dans le sens d'un avancement. Quand on travaille, il est sûr que par assimilation on fréquente des femmes qui travaillent, à la rigueur on pourrait même pistonner une chômeuse en lui dégotant un boulot, c'est le bénéfice de la situation.

En attendant je vis seul, c'est moins perturbant pour les nerfs certes mais c'est dommage, je choisis seul mes sous-vêtements et je mange en ne parlant pas, ce qui favorise la digestion.

D'ailleurs je n'ai même pas de sexualité sous forme vidéo-réalisée, pour ma part je ne supporte pas de voir de parfaits inconnus se foutre à poil dans ma télé, de les entendre pousser des soupirs et des onomatopées, pour ainsi dire sous mon nez, en tout cas chez moi, je ne le supporte pas. C'est des coups à éjecter la cassette et à foutre tout le monde dehors. Est-ce que je vais me foutre à poil dans les téléviseurs des autres moi, est-ce que je vais faire glousser des femmes dans des télévisions qui ne sont pas à moi ? Comme vous le voyez j'ai ma pudeur, les femmes aiment ça, même si l'excès de pudeur est justement ce qui m'interdit de leur montrer que j'en ai.

Ceci dit il se pourrait que ça change, devenu célèbre et prodigieusement remarqué, j'ai bien noté que j'attire dès lors la sexualité. C'est troublant de voir toutes ces femmes qui me dévorent littéralement des yeux, c'est terriblement impressionnant ces petits sourires sur le point de poindre, ces connivences qui frisent sous le mascara, c'est une pure ivresse que de provoquer ça, de se découvrir ce pouvoir du jour au lendemain. En fin de compte c'est moins moi qui plais, que l'idée qu'on s'en fait. C'est valable quand même. Une forme de désarroi consisterait pour moi à consentir à cette séduction sans même me l'expliquer, à jouir d'une envergure royalement usurpée, moralement ça poserait un problème.

En attendant je me balade, je ne m'en lasse pas, être célèbre c'est être remarquable rien qu'en passant, c'est apparaître aux yeux des autres avec autant d'évidence que si on se pavanait dans un cabriolet à cent mille, d'être aussi patent que si on klaxonnait, mais en plus de pouvoir le faire à pied. Tiens je croise Michel Piccoli sur le même trottoir que moi, mais dans l'autre sens, il me fait un salut discret en clignant des yeux, c'est vrai qu'en l'occurrence la connivence a encore plus de valeur. Je m'arrête un temps devant la vitrine d'une parfumerie Séphora, une vendeuse me sourit depuis l'intérieur, j'en suis sûr, elle serait ravie que je lui parle, sans doute même qu'elle s'en trouverait flattée. Seulement je vois déjà d'ici notre premier dîner, elle me ferait des remarques au sujet de mon parfum, si ça se trouve je ne supporterais pas le sien, d'autant qu'à force d'être immergée dans les fragrances elles doivent toutes se confondre, imprégner ses vêtements, cette fille n'a pas de parfum, elle les a tous. Elle est jolie pourtant. Si ça se trouve elle me juge inabordable.

Pas de doute qu'elle répétera ce soir à son ami qu'elle m'a vu, elle trahira même un peu d'émotion en lui racontant ça, et l'autre se sentira atteint, une pointe de jalousie sous le menton il me déniera tout charme et tout talent, et sans même m'avoir croisé, sans m'avoir jamais vu, déjà il ne pourra plus m'encadrer. Il faut que je fasse attention à tous ces détails-là, la célébrité est un capital fragile, constamment menacé, la moindre maladresse ou inadvertance, et c'est la menace de délitement. Je ne suis qu'un édifice conçu par le regard des autres, fondé par leurs appréciations, une seule lézarde dans tout ça, une seule désaffection, et l'image périclite. Je peux me déconstruire à tout moment. Dans le fond, je suis foncièrement comme tout le monde.

Le succès, succursale des adieux

Alors là je dois dire, c'est une chose que d'allumer sa télé et de tomber sur soi. On l'a vu déjà. C'est le genre de petit incident qui confine à la révélation. Mais il y a bien pire cependant, bien plus déstabilisant encore, bien plus traumatisant, c'est d'allumer sa télé certes, et de tomber sur soi, mais pour s'entendre dire ça…

– Cette fois, c'est officiel, Georges Frangin fait ses adieux, d'ailleurs il sera notre invité la semaine prochaine pour nous révéler les raisons de son retrait de la vie publique… Lassitude, ennuis de santé ou besoin de prendre du recul, perversion de la modestie, on ne sait, toujours est-il qu'il sera là en exclusivité et qu'il nous révélera tout…

Mon premier réflexe a été d'appeler directement M. Raphaël, qu'il me fixe instantanément un rendez-vous, qu'il passe me prendre dans sa limousine et qu'on en parle à deux. Je l'ai attendu plus d'une heure devant chez moi sur le trottoir, mais tout de même, au bout d'une heure, il était là.

– Qu'est-ce que c'est que cette histoire, pourquoi voulez-vous que j'arrête ?

– Parce qu'il n'y a plus que ça à faire, Frangin, la fin est souvent le meilleur prétexte d'une histoire.

– Mais jusque-là je n'ai rien fait !

– Justement Frangin, ça vous sera d'autant plus facile d'arrêter.

– Mais et moi, si je n'ai pas envie d'arrêter, hein, si je vous disais qu'après tout j'aime ça, que j'y ai pris goût, que je veux continuer à être célèbre…

– Oh rassurez-vous, célèbre vous le serez toujours Frangin, mais de moins en moins, dans des rayons de plus en plus restreints, ça sera comme un cercle qui n'en finit pas de se réduire, comme un nœud, veillez juste à ce qu'il ne vous prenne pas trop à la gorge…

Là encore, la limousine prenait la direction d'une autoroute extérieure, mais une direction que je ne connaissais pas. Je trouvais qu'on allait vite pour une fois, qu'on s'éloignait franchement de Paris.

– Non, vous ne pouvez pas me faire ça, qu'est-ce que je vais faire, je n'ai personne vous le savez bien, je suis seul déjà…

– Eh bien vous le serez juste un peu plus encore. Ça ne vous fera pas de mal. À la limite ça vous fera du bien. C'est de votre faute aussi, vous n'avez pas vraiment voulu jouer le jeu.

– Mais quel jeu ?

– Je ne sais pas, le jeu…

On filait au travers d'une pluie soutenue, on doublait les autres voitures aussi fortement qu'un camion, en leur propulsant un rideau d'eau chaque fois.

– Et puis on ne sait jamais, peut-être que suite à vos adieux, les gens en redemanderont. Les spectateurs c'est comme un monde compact, on ne peut jamais savoir avec eux ceux qui vont leur plaire ou pas, et pour combien de temps.

En jetant un œil sur le tableau de bord à l'autre bout, j'ai réalisé qu'on était à plus de 160, et pourtant la voiture ne bougeait pas, on n'entendait pas un bruit, tout juste un bruissement d'air, à croire qu'on glissait littéralement sur l'eau…

– Mais vous allez où comme ça ?

– En province.

– Et pourquoi ?

– Je vais voir un certain Hector, Hector comment déjà, attendez que je retrouve son nom… Ah oui c'est ça, Hector Mathieu. Enfin quand je dis que je vais le voir, disons que je vais au moins voir à quoi il ressemble, on ne sait jamais.

– Mais c'est qui ?

– Justement, je ne sais pas. Personne ne le sait encore. Même pas lui. Oh mais j'y pense, mon cher Frangin, vous voulez peut-être descendre, vous voulez peut-être qu'on vous dépose quelque part…

Raphaël fit signe à son chauffeur de prendre la prochaine bretelle à droite, en direction de la station-service.

– Vous ne pensiez tout de même pas que je vous abandonnerais comme ça en pleine nature, au beau milieu de l'autoroute.

Il proposa de me déposer là, au niveau des pompes à essence, sous l'auvent tout de même, un endroit protégé de la pluie, puis la limousine repartit aussitôt, sans refaire le plein. Au dernier moment, Raphaël eut la délicatesse d'ouvrir sa vitre pour me saluer, pour me dire de ne pas rester planté là comme ça. Malgré la pluie il sortit la tête pour se retourner vers moi…

– Et surtout ne prenez pas froid, mon petit Hector, ne prenez pas froid…

D'un coup la voiture accéléra.

– Non, moi c'est Georges, lui dis-je à haute voix.

Moi c'est Georges, pensai-je.

Georges.

Georges comment déjà ?

Table

I

II

III

CET OUVRAGE
A ÉTÉ ACHEVÉ D'IMPRIMER
SUR ROTO-PAGE
PAR L'IMPRIMERIE FLOCH
À MAYENNE EN AOÛT 2004

N° d'éd. FF848602. N° d'impr. 60860.
D. L. : août 2004.

(Imprimé en France)